文治
© wénzhì books

更好的阅读

今天天气不错，我打算把上司……

今日は天気がいいので上司を撲殺しようと思います
夕鷺かのう

[日]夕鹭叶 著

丁世佳 译

中国·广州

目录

今天天气不错，我打算把上司干掉 ······▸ 001

天花板的梁 ······▸ 101

交接书 ······▸ 183

- 今天天气不错,
我打算把上司干掉

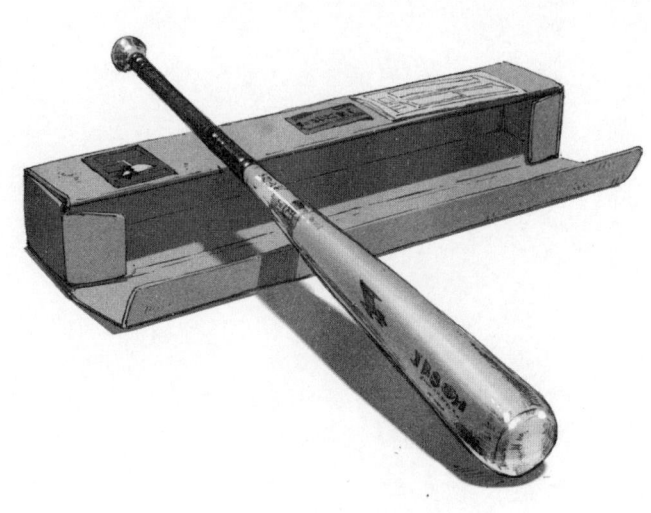

现在，要是能把这家伙干掉，一定很痛快吧。

一天有好几次，我会这么想。

比如，走到办公桌旁的档案柜拿厚重的档案夹时，重量不可小觑的档案夹从高处落下直接击中这家伙的脑袋，然后我假装自己"不小心手滑了"之类的。从对方办公桌的位置来衡量，我觉得这是个很不错的点子。

那样的话，能不能像破掉的生鸡蛋一样，啪嚓地碎成细粉啊？估计不行吧。我既不知道人类的脑壳硬度，到目前为止也从来没有砸过。

鼠灰色的档案柜旁边就是岸本组长的位置。我——加古川玲美——朝那里瞥了一眼，轻叹了一口气。顺便一提,我是不会直视那里的,因为那是我尽可能不想看见的东西。

啊,差不多到时候了吧,我心想。

"加古川小姐,过来一下好吗?"

"来了。"

我再度叹了一口气,慢吞吞地从自己的座位上站起来,走向负责相同业务的、桌位在最前面的岸本组长的位子。

岸本晓仁组长年逾不惑,但看起来异常年轻,简直像是只有三十五岁左右。修长的身材,潇洒的打扮,深灰色的西装外套也好,用发蜡往后梳得整整齐齐的油头也好,讨人喜欢的温和长相也好,都会让时下的人觉得这是个帅哥吧。但是在我眼中,他就是个翻着白眼、似笑非笑的恶魔。

"这项决议案啊,能不能想点办法,至少把资料按顺序列出来呢?"

他好像等不及我在他身后站定,就把手肘撑在桌上支着面颊,头也不抬地这么说。

"非常抱歉。'想点办法',意思是——"

我嗳嗳嚅嚅，他毫不客气地打断我。

"根本看不清楚好吧。"

"……非常抱歉。"

"我并不是想听你道歉。这个，这样做有什么意义吗？你可以解释一下吗？"

"这个，要是能看一下这边的资料，然后这个——"

"什么？"

我结结巴巴的说明被强硬地打断了。

"所以啊，我是说，附加的资料太多，不需要的东西太多了。你要怎么编排你的资料，老实说跟我一点关系也没有，通常写报告的时候要考虑到阅读者的感受吧？这不是常识吗？所以，为什么是这种顺序？你跟谁学的？"

我不是正在解释吗？是谁打断我的啊！

第一……决议案资料的顺序，并没有任何人教我。所以我看了过去的资料，然后照着以前的例子，把该列上去的内容依照顺序处理了一下而已。

"所以……我只是照着前辈们以前写的决议案的方式……"

"你直接问过什么人吗？"

"……没有。"

附带一提，"周围大家都在忙，不要什么事情都问前辈，自己看看业务档案把工作解决就行了。"这可是岸本组长的口头禅。当然这话我也忍着没说出口。

他对着沉默不语的我哼了一声。

"啊？没让任何人检查，自己随便做出来的东西，就交到我这里来了吗？"

"……是的。"

本来应该要事先问过前辈，这样整理可不可以才行——然而在这个大家都忙得焦头烂额的办公室里，要是问这种基本的问题，绝对会被人白眼相待的。

但是，那些全部都是难以入耳的借口……为什么呢？她也思忖着。

组长朝这里瞥了一眼，刻意用让人听见的声音"唉"地叹了一口气，耸了耸肩。

"要是新员工那也是没办法的事情，你已经来半年了吧？要一直觉得自己是新人到什么时候啊？这样真的很糟糕啊！你差不多得习惯了，我们这里的工作很繁重，这你也知道吧?"

怎么可能不知道啊!

我昨天和前天都没有回家呢。

因为资料整理不完。但是大家的工作量是一样的,也不能要求有小孩的前辈帮忙。自己三天没洗澡的身体,都散发出动物园里红鹤的臭味了。

"加古川小姐是 K 大毕业的吧?在不错的大学到底学到什么了啊!人事部门也是,眼光这么差劲的吗!"

接下来就是继续仔细挑剔我的报告啊,学历啊,平常的工作态度,等等。这种时候您最喜欢拿学历来说事呢,我在心中回应道。

在感觉起来像是永恒的时间经过后,"这让人一点也不想看,去重做。"我彻夜整理出来的决议案被扔了回来,不仅如此,还附上压死我的最后一根稻草,"话说在前头,这份资料急着要哦!"

"我知道了。"

我点点头,尽量不看他的脸。然而还是稍微瞥见了他嘲弄般上扬的嘴角。

要真的这么紧急,就不要说那么多讽刺的废话,早点让我回去工作啊!

每次话都到喉咙口了,但果然还是说不出口。毕竟无法顺利完成工作,给大家添麻烦的人是我,这时候要是还出声反驳,那用膝盖想也知道会得到比现在更严厉不知多少倍的反击。

此外,还有另外一件事。

"加古川小姐啊……想去旅游策划事业部对吧?"

在"精彩万分"的讽刺之后,他一定会加上这一句"毁灭咒语"。

我慢吞吞地跟他道了歉,转身要回自己的位子时,他果然意味深长地放了这招致命的"撒手锏"。这就是我绝对不能忤逆他的最大理由。

"那边啊,是我们公司精英中的精英才进得去的顶尖部门哦。下次要是人事部来我们这里要推荐,我们只能推真的有工作能力的人才行。明白吗?"

嗯,我当然明白。

这不是理所当然的吗?

因为您已经说过不知道多少次,我耳朵都要生茧了。就是因为明白,所以才无法反驳不是吗?

您才是因为心知肚明，所以故意这样，随心所欲拿我当沙袋练手。睁着眼睛说瞎话呢，组长。

我的脑袋里充满了想说的话，然而连一点声音也没有发出来，只能紧咬着嘴唇，连血都咬出来了。

"非常、抱歉……"

到头来，我也只能重复同样的道歉。

真是悲惨、丢脸到家，要是有个地洞我简直想钻进去。

然而——

为什么工作这么不顺利呢？还是自己的问题吧。这种自我惩罚的烦恼阶段早就已经过去，现在我的心中只有对这个男人的杀意。

像这样在其他同事面前被公开处刑，我已经习惯了。

这么说来，大家不可能没听到，他们心里是怎么想的呢？是不是觉得真是蠢啊，连这点事情都干不来，还是会多少觉得我有一点点可怜呢？

搞不好，根本没有任何感觉也说不定。

我稍微举目张望，他们全都装出埋头忙着自己工作的样子。

我看见就在旁边,极力低头避免望向这边的小林先生头顶的发旋。他三十五岁左右,正值壮年,太太是家庭主妇,还有一个刚满一岁的可爱小孩。桌上放着家人合照的小林先生低着头、弓着背,浑身都散发出不想卷入无谓是非、不想跟我扯上任何关系的那种不言而喻的气息。

和岸本组长同期且年龄相仿,平日相处十分轻松,最近还因为正在相亲常被捉弄而苦笑的井坂先生,当然也不想破坏跟组长的关系吧。于是他刻意低着头站起来,一边看着手上的文件一边走向复印机。

……他没有跟任何人目光相接。

啊啊,又来了。他们通常都只有这种程度的感受吧。这几乎是每天必定上演的固定戏码。

我们的工作流程线只有四个人。四张桌子拼在一起的"小岛",如果我们算岛民,那岛主就是组长。其他岛民是如何跟岛主相处的呢?我已经完全不明白了。

我走过面无表情地对着电脑默默做自己工作的同事身边,回到我的座位上。

非常抱歉啊。

空洞的道歉。简直像是装了只能说这句话的程序的机器人一样。

没人伸出援手，也是没办法的事情。这我也早就知道了。

为什么呢？因为岛主的决定是绝对的。

只有三人的岛民，继我之后谁会被孤立呢？离开这个小岛之后，会被流放到哪里去呢？

所有人的命运，都掌握在岛主的手里啊。

*

我的公司是一家还算有名气的旅行社。去年——也就是我大学四年级的夏天——跟以前严酷的就业环境比起来虽说稍微缓和了一点，但应聘这家公司管理基层正式员工的大学毕业生仍旧多如过江之鲫。

"说录取率不到百分之一……而且跟其他几家可能去的公司面试日期重叠，只去那里你会不会觉得我太冒险了？"

在找工作的那段时间里，我感到不安便和男朋友商量，他笑着说："没事的。"

"玲美一定没问题。你很适合那里的工作不是吗？因为玲美你喜欢旅行。等你去那里上班，就可以替我安排旅游计划啦！"

我跟男朋友从高中就开始交往，那个时候他已经拿到了铁路公司的内定，所以心里很踏实吧。我本来以为他会稍微替我担心一下，结果并没有。

我喜欢旅行，也喜欢介绍自己喜欢的地方给别人。

要是能从事安排某个人的特别时刻之类的工作的话就好了——我一直是这么想的，因此对我而言这家公司非常理想。获得内定录取通知时，我简直高兴得跟上天了一样。

情况有所改变是在入职仪式和新人试用期结束，分配所属部门之后不久。

我被分配到制作公司宣传网页的部门，那当然不是我一直想去的旅游策划部门。

但是我也没奢望刚进公司就能进入想去的部门，而且我还是个刚毕业的大学生，怎么可能一下子就被派到精英中的精英才能进的旅游策划部门呢?

我是这么想的。我以为总有一天能够被派到自己想去的地方。

要是在现在的岗位上努力,或许有一天就能去想去的部门,那样就可以做我一直想做的旅游策划了。

"这里啊,是龙门哦。"

这是第一次见面的时候,组长跟我自我介绍"我是你的直属上司,岸本晓仁"的时候说的话。

"怎么说呢,这个部门不是谁都可以来的。只有经过历练之后,能够进入精英部门工作的新进社员才被派到这里观察。普通社员一开始都在营业柜台或是客服中心之类的地方接待客人。加古川小姐能到这里来,表示公司对你抱有期待。"

"真的吗?"

我喜不自胜。

"当然。"他深深地点头。

"而且加古川小姐是 K 大毕业的,真是厉害啊!人事部门也很期待吧,看你能不能成为我们这里的王牌呢!"

他说，你要有自信哦。他眨了一下一边的眼睛，微笑的样子简直爽朗又和蔼可亲得令人心动。我还傻傻地以为：这么英俊的人是我第一个上司，真是太幸运了啊！当时他好像真的有这么帅气……的样子。

他最后还说：

"对了对了，我们这里的工作，不会因为是新人而有差别待遇。不如说我们想听到各种不同的自由意见，所以在开会的时候一定要积极地发言哦。"

过了不久，觉得我跟组长好像……合不来的瞬间越来越多，而且这种感觉应该是相互的。

要是说有其他介意的地方，就是大家一起喝酒的时候，总是会有人说："你是K大法律系的？那里是什么感觉？""很难看到K大毕业的人啊！哎哟，吓到我了。"总是这种跟母校相关的话题，我实在不喜欢。但跟不是同辈的人可能也没有什么其他的话题可说……我尽量让自己不去介意。

就这样，最初的第一个月就在熟悉前任交接的业务中眼花缭乱地过去了。每天晚上都加班到搭最后一班电车回家，即便如此我也感到非常充实。

稍微习惯了之后，我开始觉得想做一点不一样的事。

我以前从来没有接触过网页制作，相关知识还远远不足，但看着以马尔代夫和塔希提岛的蔚蓝海洋为背景的公司主页，我脑中浮现了许多想法。

比方说，打开官方网页的时候，海面上的冲浪板、露出背鳍的海豚都会慢慢移动，同时还播放轻快的南半球的音乐之类的。

网站首页的变动跟公司的利益没有直接关系，是不是不应该多嘴呢……我确实犹豫过。但是，用户的意见调查表不时会有人反映"首页很难用""既然设了首页，希望能看起来更有旅行的气氛，更时髦一点"。既然如此应该还是更新比较好吧？分明同事们也都看得到意见调查结果，但是开会的时候，却从来没有人提起过。

我买了好多本给初学者看的网页设计书籍，牺牲睡眠时间学习，跟男朋友相处的休假日也减少了，但我一心只想找出现在自己能做的事情。虽然学习做策划案压缩了私人的自由时间，但每次只要让想象力驰骋就觉得非常雀跃。

"我想更新一下公司的网站首页。"

有一天在开会的时候,我终于说出了自己心里的想法。

那天所有需要讨论的议题都顺利解决,只要报告自己的工作情况就可以了。我们的业务流程会议总是平静无波地结束。我一直在等最后组长说"还有谁有话要说吗?"的那个瞬间。

"比方说,现在首页大溪地的图片上,一打开是旅游目的地和日程导航链接。用电脑打开网页的话很好用,但是用手机看起来就有很多不方便的地方。所以,应该尽快把首页改成适合手机使用的、像动画的主页一样,先播放一下宣传视频之类的,看起来也会更有意思吧……"

要是,这个策划案通过的话。

我一心只希望梦想快点实现,噼里啪啦地说了一堆意见——现在回想起来,我那个时候心里想的并非"要是",而是"通过的话"吧。

我甚至打印了策划案给所有人。我想快点让上司答应,然后开始进行工作。因为有很多必须事前准备的工作:

联系网页设计师、准备主页画面的风景照和影片……

"那个啊。"

我干劲十足的说明被某个声音泼了一盆冷水。

我战战兢兢地抬眼望去,岸本组长正以不屑的眼神看着这边。

"你是新人吧?"

"……是……是的。"

"那种事情不用管了。下次请提跟公司直接利益相关的策划吧。大家都很忙的。"

那么就,解散。

组长一句话就让会议结束了。组长和同事都非常自然地起身要走,我不知如何是好。

"欸……但是,有很多客户意见调查——"

"那个!……不好意思,加古川小姐,过来一下,可以吗?"

我虽然不知所措,但仍旧不肯放弃,想继续解释;坐在我旁边的井坂先生脸上带着复杂的笑容,拍了拍我的肩膀。

他在走廊上对我招手,示意我过去,确认四下无人,才轻声跟我说:"那个话题,很糟糕哦。"

"啊?"

"真是的。你说要更新的那个主页,是岸本组长刚刚进入公司的时候,非常辛苦地设计出来的杰作。所以那个,怎么说呢,刚才你提的那些,有点……"

"这……这样啊?!"

没想到,自己在开会的时候,当着大家的面给上司难看。

发觉自己才进公司就犯下这种不可饶恕的大错,我脸色铁青。

"怎……怎么办啊?我……我去道歉,去跟组长道歉。"

"不行不行不行,等一下。万万不可。"

我急忙想回到座位上,井坂先生更加慌张地拉住我。

"你动动脑筋啊!去道歉是什么意思啊。'你制作的网页已经过时了,老土又很难用;我骂了你的作品真对不起!但是客户都这么说,所以我也实话实说了,请原谅我。'道歉不就是这样变本加厉地落井下石吗?只会让情况更糟的。"

"但是——"

"加古川小姐光是从K大毕业,就够让组长盯上了。"

"……欸?"

被盯上?组长盯上我?

这是怎么回事啊?我眨了眨眼睛。然而井坂先生好像发现自己多嘴了。他抓了一下脑袋,迟疑了一会儿之后说:"我跟岸本组长是同期的,所以我知道。"他说明了一下背景。

"他啊,当年想要考上你的K大法律系,拼命用功甚至还复读重考,但还是没有考上。他虽然自己放话说不在乎,但如果真的不在乎的话,就根本不会提了啊……"

原来如此……我完全没有发觉。

虽然我确实感到常常因为从K大毕业而被夸赞。

我对自己的迟钝无话可说。我不知该如何反应,陷入沉默。井坂先生好像有点焦急般地解释道:

"抱歉抱歉,我说了奇怪的事情。关于工作方面,当然加古川小姐说的并没有错，我们真的也都对意见调查表视而不见，但这是没办法的事。还是假装什么事都没发生回到座位上去比较好。这种事随着时间过去就好了。组长也是成年人了，刚才虽然有点不高兴，但很快就会忘记啦。"

"好……好的。谢谢您。"

冷静想想确实也只能这样做了，我对井坂先生低头道谢，回到自己的位子上。

但是，从结论看来，这件事成了导火线。

组长对我的态度，从开会的那一天起突然就变了。

……具体地说，就是明显地强迫我过度工作。

并不单纯地只是工作量的问题。比如，之前很容易就过关的工作，要求重做的次数多得不自然，又或者有突发事件，一定得由我负责处理。我下班的时间越来越晚，终于连最后一班电车都搭不上，在公司过夜。昨天我没有回家，前天也没有。

这样的情况持续发生。

"工作太多处理不过来？……我说，加古川小姐，你已经进入社会了吧？撒娇只到大学为止有效。这样的工作谁都做得来吧？其他人比你更忙，因为你的任性给大家添更多的麻烦可不行啊！这是因为大家都很优秀，都能准时把该做的事情做完。之前因为你是新人，已经特别照顾少分派工作给你了，也差不多该让你负担跟其他人一样的工作量了。"

我鼓起勇气，跟岸本组长说"工作是不是有点太多了……"的时候，他这样轻而易举地打发了我。

……真的吗？真的是这样吗？是因为我太娇气？

我的确有还不习惯工作的自觉，被人冷冰冰地对待，就会失去自信。所以那时候，组长话里隐含的恶毒意味，我以为是自己多心了，就没有留意。这下就糟了。

与他为敌，无论是闪躲、反抗，或是怀柔，总之我的经验和智商都差太多了。转瞬间我就没有了退路，不知从什么时候开始，我完全无法反抗。各种无理的要求，都理所当然地要我承受。

啊，是我搞错了吧。现在我这么觉得。

比方说，不要突然在开会的时候发言，想策划倒是可以，但事先跟组长请示一下会不会比较好呢？

比方说，先跟同事们讨论一下，看有没有人愿意帮忙，然后再研究策划案呢？

话说得不对，做事的顺序不对。

各种错误累积起来，所以是我自作自受。

我是否，实在缺乏常识呢？

我花了整整一个月想出来的首页策划，不仅没有机会说完，恐怕还要永久被"冷冻"了。

"不会因为是新人而有差别待遇。"

我非常珍而重之地相信的金句格言，只不过是伪善的空头人情而已。我还以为自己是聚光灯的焦点，而事实上我连照明灯都算不上。

我察觉得实在是太迟了。

在那之后就像是滚石下山，我的工作完全无法按时完成。

"加古川小姐，连这种事情都不知道？"

这是岸本组长的口头禅。他先是轻微地嘲笑，然后一定会接着说："这不是常识吗？"

本来我就不时地觉得跟他有观念不合的地方。他应该也跟我有同样的感觉吧？然后因为那件事终于决裂了——

"算了算了，把希望放在你身上完全是白搭。唉……K大的法律系也不过如此吗？这么说来，我曾经以为你值得期待呢。"

只不过，对方是岛主，我只是平凡的岛民，没有任何的决定权。

然后这个叫作岸本晓仁的家伙，工作能力真的非常强。而且岛上哪个桌位的工作进度有所延迟，工作进行到哪个地步，他都掌握得非常清楚。

不仅如此，他对公司的忠诚和热爱非常强烈——或许有点扭曲也未可知——关于本公司的业绩、历史和现况等等，全部了如指掌。最棘手的就是，他要求部下要有跟他完全一样的精神、知识、技术和经验。

我们并没有同样的热情。

不管是质、量，还是方式，一切都不能有一丁点不一样。他要求大家完全遵循他的思考行事。

"你啊，好像对营销策划很感兴趣，那你对我们公司有多少了解？"

我想起散会之后,他因为别的事情跟我说的话。

"在提出这个案子之前,你调查过那个吗?啊,调查过了啊。那其他你还做了什么?嗯,然后呢?还有呢?然后?啊,就搜集了这么一点浅显的情报,就在电脑上打了这种没内容的提案拿到我这里来吗?加古川小姐啊,我知道你总是花很长的时间,好像努力在做什么事情一样,但白费功夫的努力完全没用啊!你就不能稍微改进一下努力的方向吗?"

对不起,因为我不是您,所以我不明白您说的是什么意思。

要是能这样说出来该有多轻松啊!

但是,现实只停留在"对不起"这一句。之后只能低下头,闪躲一直死盯着这里的病态三白眼的视线。

跟他说话,会让我觉得自己像是面对着海鸥的蛤蜊一样。彼此都觉得对方很碍眼,然而排除这种情况的权力只握在对方手里。锐利的尖喙和爪子,都只有掠食者才有。我只能默默地躲在贝壳里,一边怀抱着外壳不知何时会破的恐惧,一边忍耐来自外界的攻击。

话虽如此，想要越级往上求助，那也十分困难。

"哇，上次拜托的那个策划案的特别网页，已经做好了啊！果然拜托岸本君就没错呢！"

我细细回想着与组长间的种种过往，像是要打断我的思绪一般，离我稍微有点距离的组长座位那边传来愉快的交谈声。我停下了敲打键盘的双手。有三个人的声音，其中两人是我们部门的课长和部长吧。

那个"啊，那个网页啊"我不知怎的心领神会。

那是负责招人的部门，突然提出三天之内要做好新网页的无理要求，而我不眠不休地待在公司赶出来了。

"啊哈哈，想到这对课长非常重要，就拼命做出来啦！要是有什么不完善的地方，请不要客气随时告诉我。不管是什么问题都可以立刻修正的。"

岸本组长带着有点不好意思的笑容说道。

说的比唱的还好听啊！我咬紧了牙关。

那个"不管是什么问题都可以立刻修正的"人可是我啊！你只要发号施令，然后就可以回家了。

"哎哟，还是这么谦虚啊！以后有什么事还要麻烦岸本君了。"

"任凭吩咐。交给我就好了。"

我听到这里，不由得"唉"地叹了一口气。

圆滑的回应，加上充满热爱精神的工作态度。部长和课长都早已成为岸本教的忠实信徒。就算实际上制作网页的人是我，事实上流血流泪拼命工作的是我，他们也毫不在乎。一切都是岸本组长的功劳。

领导部下是上司的责任。也就是说，部下的业绩就是上司的业绩。我们小组工作进行得顺利，就是他领导有方。

这我很清楚。

所以我没有受到任何安慰和表扬，工作绩效全都不存在，我也没有任何抗议的权利。当然没有。

理所当然。这都是常识。

"岸本君真的是我们部门的精英。下一个升课长的，我打算推荐你，以后多多拜托！"

"感谢您！"

他们还在聊。要是先戴上耳塞就好了，我这么想着。

话虽如此，但喜欢岸本组长的，不只是上级。

"哎哟，岸本组长，这张照片真是太帅了啊。"

冷不防听到轻快的话声，我停下了手上的工作。我们办公室这一块地方，还有负责其他业务的好几个"小岛"。除了我们的小岛之外，其他人好像都相处融洽，我身后常常传来愉快的聊天声。

"好棒哦，海景好漂亮！这是哪里，冲绳吗？什么时候去的啊？"

这个声音，是西野小姐吧。皮肤很白、很可爱的我的同期。我们是同一所大学的，但她是经济系毕业；无论是仔细用卷发棒卷过的咖啡色鬈发和精致的眼妆，还是跟上潮流的服饰，都充满了时尚杂志里的华丽氛围。要是靠近她的话，大概会有玫瑰类的香味。就算没有，人家身上也不会有三天没洗澡的红鹤臭味吧。

我们的小岛位于不靠窗的墙壁旁边，本来就比较阴暗，再加上同事间并不聊天，跟别的小岛大相径庭。我一边觉得羡慕，一边竖起耳朵来听他们聊天。

"这是几岁的时候啊？"

说话的对象好像就是岸本组长本人。啊，果然不在位子上，我斜斜瞥向他的空位。看来是去跟别的小组讨论工作，顺便聊天。

"大概五年以前吧？"

"咦！骗人，完全没有变啊！以前就是帅哥呢！哎哟，跟那个谁很像啊！现在最热门的电视剧里的那个人。"

"这话太常听人说了。"

要是没有抬起头就好了。看见哈哈大笑的岸本组长，我手上拿着的笔的尖端插进了便利贴里。你可真闲啊，有够大牌的，我在心中暗骂。

什么变不变的，也不过五年能老到哪里去啊！当年怎样不知道，现在可一点也不像那个电视剧里的男演员。乍看之下好像时髦完美，其实并没有胜过岁月的摧残，肚子已经抵在西装外套内侧了，微笑的时候露出被烟熏黄的牙齿。要是美白牙膏没用的话，干脆涂上白色油漆得了，实在难看。

……这么说来，自从上班之后，就很少能在电视剧播出的时段待在家里了。

我一边反省自己不怀好意的想法，一边重拾工作。可能是因为我太久没睡觉了吧，感觉浑浑噩噩，脑子里只有讨厌的念头。

我把写完的便利贴撕开。我的办公桌上到处都贴着待办事项的各色便利贴，事情办完之后才把便利贴拿下来，然而便利贴增加的速度远比减少的速度要快。我为了分散注意力，噼里啪啦地修改网站首页的程序代码，然而却突然听到组长的声音。

"西野小姐工作效率这么高，真的帮了我们很大的忙。你很细心啊！分明进入公司才不到一年，你要是在我们小组就好啦。"

"欸，没有啦！"

他刻意提高声音，让我突然停下了敲键盘的手。

……同样是进入公司才一年不到，而我的工作效率差真是对不起啊！

"真的真的，能准时下班也是一种才能啊！总是加班的话，只是浪费公司的资源和水电费而已。光是留下来，就已经对公司的财务状况造成了不可小觑的压力啊，是吧？"

"哎哟，瞧您说的。"

我可没有空闲搭理他。

今天一定要把事情做完回家才行。要是再不洗澡，身上就要散发比红鹤还吓人的气味了。

其实，我虽然打卡下班的时间很晚，但记录上一直都是以私人的名义留在公司，也就是说都是自愿的，并不算正式的加班。

这种情况，组长当然很清楚。

只不过装出一无所知的样子而已。

想到这里我觉得简直无法忍耐，死死地盯着电脑屏幕。

上面排列着的专业用语，都是我自从上班之后拼死记住的。我拼命地问认识不久的系统工程师和网站设计师问题、做笔记，但是完全赶不上他们的水平。我的手掌内侧都变黑了，笔记不知花费了多少本。

其实，我非常讨厌制作网页的工作。

我为什么在做这种事情呢？但是，要是想去旅游策划部门，这种事情，现在……就要尽量努力。所以……

这么说来，"非常抱歉，我不知道。"我这么说的时候，组长总是惊讶地把一边眉毛往上挑。

"不知道？那怎么不看一下你拿手的笔记呢？你

不是成天都在做笔记吗？还是说那只是装成在努力的样子？"

回想起他这样讥笑的瞬间，我感觉肚子里像岩浆一样火热起来。

视线，开始模糊。

脑子发疼，发际开始渗汗。

这一切的一切，一定都是没有睡觉的缘故。

分明是我不得不努力啊！

要是不自己奋力撑住的话，是绝对不会有人拉我一把的。

我本来应该记住的专业用语，不知从何时开始，不管怎么看都化成了一堆不知所云的混乱诡异文字。

*

那天晚上，时隔三日我终于回到自己家，摇摇晃晃地扑在床上。

砰，我没卸妆的脸倒在亮橘色的枕套上，床上铺着莱姆绿底大红花床单。

这些都是我开始上班之后，为了迎接人生第一次自己生活而买下的心爱之物，但不知从何时开始，我连床单枕套都很少洗了。非常遗憾，"红鹤"就这样扑上去，但心里没多少罪恶感，也算是久未洗涤的功劳吧。

"啊，床铺啊……"

我试着发出声音。说出来之后，果然有了回家的实感，我叹了一口气。

我慢慢抬起手臂看手表。今天设法赶上了最后一班电车——所以现在还只是凌晨一点。太好了。但是，明天得早上七点就到公司，不然做不完累积成堆的报告。只要能回家，就好。

床单上遍布的红花，映着我缺乏日晒的青白色手指，我手上还抓着白色的塑料袋。

袋子里是在便利店买的热炸鸡块和密封袋装的浓汤。炸鸡块的口味每次都不同，那是我每天小小的——应该说是唯一的乐趣。此外就是浓汤和蔬果汁轮流喝，多少算是补充了营养……至少我是这么想的。

塑料袋前方的料理台上，还有我为了自己做饭而意气风发地买下的新锅，床边的窗台上则放着花架，本来打算当家庭菜圃的小西红柿已经只剩下枯萎残骸。枕头旁边则杂乱地堆着书本和各种目录，而且房间里还有营养饮料的空瓶，因为我喝得太多了，在等待丢垃圾的期间，不知不觉就像保龄球瓶一样堆积如山。

单身女性并不都是这样过日子的，是我现在生活的方式有问题。

真的……到底是怎么变成现在这样的呢？

分明累得要命，却清醒得很，真是奇怪。然而脑袋这个装置却好像掉了什么零件一样稳不住，地板仿佛在船上似的摇摇晃晃。最糟糕的是，身体状况分明已经这样了，脑子却事不关己般地想着：压力已经影响到内耳了吧？

……到底是从什么时候开始，变成这样的呢？

进了向往的公司工作，而且还终于实现了自己的独居生活，这是我大学时都没实现的愿望。

这么说来，有多久没跟男朋友见面了啊！不知道是从什么时候开始的。"最近还好吗？"他发来的这种平淡信息本应该可以安慰我的，然而我却觉得他不知人间疾苦，觉得他不够贴心。

"工作如何啊？你说加班很多，身体撑得住吗？没事吧？"

"好想你啊。玲美，你还好吗？我们好久没见面了啊。"

"你能抽出一点时间吗？这个周末怎么样？我们太久没见面了，真的好难过啊。"

他每天都发消息，内容慢慢开始哀怨起来……但是我没有精神和力气，所以回复的次数渐渐减少。这样一来，他传来的消息内容更加迫切，到了最近突然完全断绝了。

其实应该说，我根本没有余力想他的事。

工作和私生活都能非常充实，活出自己的样子。以前这是我梦想的生活，然而现在重新描绘时，脑海中一定会出现组长的面孔，然后梦想就像被黑板擦擦过一样渐渐消失了。

然后，他会似笑非笑地开口说道：

"你啊，是新人吧？那种事情，就不必了。"

啊，在自己家里还想到工作。这简直是诅咒吧！叹息哽在喉间，吐也吐不出来般倒流回去。

我想转换一下心情，拿出手机打开跟男朋友的聊天框，最后的对话已经是三个多星期前的事了。而且最后聊的是"我们公司附近，有一个可以切断缘分的神社，据说非常灵验，那里挂着的绘马[1]上写的内容都非常吓人"这种无关紧要的话题。

我应该摆脱这种郁闷的心情，"好了"，我独自一人在房间里给自己打气，给他发送"你好吗？这个星期，有时间的话要不要碰个面呢？"的信息。我觉得好像有点冷淡，又加了一句"辛苦啦"，还附上流行的兔子表情。

我仍旧非常清醒。

有一个可以切断缘分的神社，据说非常灵验，那里挂着的绘马……

我脑中突然浮现刚刚看过的男友留言。

那个神社是内行人都知道的能量力场，连我都从对占卜和灵力感兴趣的朋友那里听说过。

她说，那里的由来是"一个跟男人立誓永结同心，

---

[1] 日本人许愿和祈祷的一种方式，一般会在木板上写下自己的愿望，然后供奉在神像面前，期望得到神的庇佑。——编注

来世也不分离的女人，在殉情的时候遭到背叛，自己死了，男人却活了下来，因此她的怨念挥散不去……"因此神社特别强调女性的感情诉求，从恋爱到工作和健康方面，总之只要跟缘分有关的事情，前来祈求都可以有效地断绝。

我的手指不受大脑控制地自己动作，在网页上输入了神社的名字。我触碰手机的屏幕，咚地按下搜索的图标。阴暗的室内，屏幕的光线十分刺眼。

"哇，好厉害。"

我不由得出声叫起来。

一开始出现的画面，是在那个神社拍摄的绘马照片。该怎么说呢？挂着的都是专用的框，还是挂轴似的东西。朴素的白木片上写着的内容都非常激烈。当然，书写者和被写对象的个人信息都打上了马赛克，看不清楚写了什么。

"希望他立刻跟老婆分手，成为我的人。请把那个人给我。请把那个人给我。不是那个人就不行。"

"××变成了黏人的跟踪狂……让他离我远点。无论是什么方式都没关系，杀掉他也无所谓。"

"我最宝贝的儿子被车撞死了,凶手却厚颜无耻地继续活着,请把住在××的××用世界上最残暴的方式杀掉。只要那家伙还活着,我晚上就睡不着觉。住在××的××,请现在立刻杀掉他。拜托了。"

最后这一条,从画面上可以看到附近有三枚笔迹相同、内容也一模一样的绘马。

跟内容完全不相符的可爱、圆圆的字体很有特色,让人过目不忘,一定是女性……也就是失去儿子的母亲。当然全部都是亲笔手写的。应该来了好几次吧?

要是孩子被杀害的话,做母亲的确实会充满恨意吧。我心想不管以什么形式,要是能让写这些绘马的妈妈心情好起来就好了。我滑动着画面,突然看见一行文字。

"……公司用职权骚扰属下的上司……请把他调走。再这样下去我不知道自己会变成什么样子。请让那个男人从我面前消失。"

"啊哈……"

在没人的房间里,响起奇怪的笑声。

让那个男人,从我面前消失啊!

原来如此。有人的想法跟我一模一样呢。到处都有滥用职权的上司，有多少滥用职权的上司，就有多少被欺压的下属。理所当然。

但是，这个人很温和啊！

调走？转职？这不是那个男人为了在工作上飞黄腾达，让自己更加幸福而会自发地去做的事吗？

也就是说，那个不知身在何方，让跟我有同样遭遇的人痛苦的家伙，就算祈祷应验了，那家伙也能在祈愿者不知道的地方，完全没遭到任何报应，继续像没事人一样生活下去。这样的话，只是让其他别处的不知什么人继续受同样的苦而已。

这跟有没有自觉完全无关。

可以纵容这样的事情吗？

要是我的话，一定。

"祈求把那人杀掉吧……"

毋宁说——让我亲手杀掉那个人吧！

"开玩笑的啦。"

我缩在被窝里自言自语时，手机"叮"地响了一声，这是收到新消息的提示音。

是他发来的。刚才我说了好久不见，要不要约一下碰个面，八成是他回复了。

下周六打算主动加班，但至少星期日得空出来。

虽然有点自私，但我还是有点兴奋地点开了通信软件绿色的图标。然而接下来出现的消息，让我睁大了眼睛。

"对不起，我已经受不了啦。"

一直无法见面的日子太难受了。我总是工作优先，他觉得自己的存在毫无意义了吧。

"已经没办法了。所以，我们分手吧。"

他的消息非常简洁。

平常他还算是话多的人，所以对他而言，"受不了啦"也就是已经到了"没办法了"的地步，我特别有实感。

"什么啊这是。"

我不由得又出声了。

我们从高中开始交往，已经过了六个年头，心想总有一天要结婚的。

他一直跟我很合得来，为人腼腆，我很喜欢他笑起来恰到好处地微微下垂的眼角。

但是，竟然这么简单就结束了。

……这算什么啊？

我很想回他消息，但脑袋一片空白。结果什么字也没打，就这样关掉了手机的电源。

至少见个面，再不然就打电话说啊！

虽然心里这么想，但不管是打电话还是发消息，终归是要分手的，其实也没多大差别。能够这样不带感情地分析，显然我已经疲累到什么都不愿意多想的地步。

总之，要是让我说一句话。

"神明啊，要斩断的缘分不是这个啊！"

*

昨天晚上，交往六年的男朋友仅用一条消息，就把我甩了。

凌晨两点多，我也没办法跟朋友诉苦，结果我没办法睡着，一晚上没合眼，就这样迎来了早晨。透过窗帘照进来的阳光好刺眼。

对。不管是不是跟男朋友分手，不管是不是彻夜未眠，早晨都会平等地到来。早晨到来的意思就是，到头来非得去上班不可。

这种时候，说不定工作忙到没法想别的事可能比较好。因为要是有空闲的话，一定会胡思乱想的。

"那个，是岸本组长吧？请不要老是把室内空调的温度调得太低啊！好冷哦。这也太不环保了吧？"

"有什么关系，能源是无限的。"

"欸，这说的什么话啊！人家的体质本来就怕寒呢……饶了我吧。"

一大清早跟昨天一样，我面对着电脑，听到从背后传来的西野小姐和组长的闲聊。

"啊，对了对了，我传了邮件，西野小姐看了吗？"

"邀我去喝酒是吗？我看到啦，但是这个星期我和朋友约好了，每天回家都很晚，可能有点难呢。"

"我可以去你家喝啊！西野小姐是一个人住在N区吧？"

"欸？到我家吗？我家啊……那个，都没打扫，不好意思让人看啦。"

"说是这么说，其实家里整理得很干净吧？随时有男人去都没问题的,你一定是那种随时都能应付各种状况的女孩子吧?你男朋友不在的时候就可以啦。最近你不是还在社交网站发过自己做的菜吗?"

"哇,好厉害!您看了我的网页啊!感谢感谢。"

四大皆空。我也不在这里。

我一心只想着这个念头,手咔嗒咔嗒地敲着键盘,虽然如此,我还是突然担心起来。

西野小姐,好放得开啊。不对,这也太放得开了吧!

冷静想想,不管组长看起来有多年轻多帅,都是比她大将近二十岁的上司,被这样的人调查了住址,看自己的社交网站,还要她请自己到家里去喝酒,这已经完全算性骚扰了吧?要是我的话,一定会生气地反驳。但是西野小姐只轻快地笑起来,她的声音中完全没有负面的情绪。

"啊,对不起,我去洗个手。"

西野小姐突然跟组长这么说,走出了办公室,我也装作去洗手间的样子,跟在她身后出去。

"啊,那个……西野小姐,你还好吧?"

在女化妆室的洗手台前,我出声叫她。她转过头时绑成公主头的咖啡色鬈发轻轻地晃动。西野小姐今天的穿着也充满女人味，搭配得当的名牌洋装，随着她的动作飘散出一股应该是身体香雾的甜美香草气息。

这里是洗手间真是太好了。总而言之通常都散发出红鹤臭味的我，今天虽然奇迹般地没有异味，但我还是自虐地这么想着。这种念头立刻被我咬紧牙关咬碎了。重要的不是这个。

"对不起我多管闲事了。我觉得我们组长好像有点缠着你的样子……要去你家喝酒啊，看你的社交网站什么的。"

"欸？讨厌，被听见了好丢脸啊！吵到你了，对不起啊！"

西野小姐微笑着挥挥手。她的指甲好精致。粉红色的美甲上点缀着珠子跟宝石，自然地散发出闪闪发光的女性魅力。

真是个好孩子。那好像打上了背光的笑脸一瞬间让我说不出话来。她微笑着继续说道："我让加古川小姐担心了吗？"

"啊哈哈，没事啦！这是家常便饭，随意应付一下就好了。不如说跟岸本组长亲近一点，关系好一点比较好呢！我好羡慕他的部下啊！啊，但是加古川小姐，你没事吧？我虽然不太清楚，但你这样关心我，可能是因为你是他的部下所以立场不一样吧？"

"……嗯。"

西野小姐是不是没发现组长处处找我麻烦啊！应该是没发现吧。

越来越觉得这里待不下去了。

果然跟他处得不好的，只有我一个人。我一直隐约有这种感觉，现在不得不正视摆在眼前的现实。

这么说来……

跟我负责同样业务的小林先生，就算在很忙的时候被要求重做，连家也回不了，也毫无怨言地完成了工作。他的太太和孩子一定在家里等着他啊！

提醒我的井坂先生也是，组长跟他说："你啊，之前不是说到婚姻介绍所去登记了吗？怎么到现在连女朋友都没有啊？真是的！"即便被这种私事挑衅，他也只是笑着说："太过分了！真是的，饶了我吧。那您替我介绍女朋友好不好？"这样坦然地反过来当笑话讲。

啊，真是的。

大家都好成熟啊！都是社会人士啊！

更别提西野小姐是我同期、同年龄的新进社员啊！人家都已经比我不知道前进多远了。只有我，一直都摆脱不了学生心态，想要依赖别人。

真是太悲惨了，西野小姐把头微微倾向一边，纯真无邪、没有一点阴影的眼神，将我逼得走投无路。

话虽如此，这种无力感到底是因为那个男人，还是因为被交往多年的男友甩了，愤怒伤心无处发泄呢？我也已经无法分辨了。

然而就在我无言以对的时候，西野小姐接下来说的话大大地出乎了我的意料。

"啊，应该不是这样吧。你们相处得很好吧？因为岸本组长啊，是刚才吧？感觉是在称赞加古川小姐很努力呢！"

"咦？"

不是不是，就算天翻地覆，就算世界下一秒会毁灭，也绝对不会有这种事情。

"是说组长吗？这有点难以想象啊……"

我设法控制嘴唇的扭曲，使其保持正常的形状，我非常努力，对方却回答："是这样吗？我不太明白，那我先走了哦！我们一起加油吧！"西野小姐做了一个胜利手势，离开了洗手间。

我望着胭脂红的洋装背影渐渐远去，甜美的香草味也自然消失，只留下我跟洗手间的味道。

*

"加古川小姐，来一下好吗？"

我怀抱着烦闷的心情回到位子上，浑浑噩噩地整理着档案时，岸本组长突然出声叫我，我不由得畏缩了一下。

"欸？嗯……好的。"

"到这里来。"

组长带着认真的表情对我招手，刻意把我带到没人的会议室去。我担心他要跟我说什么难听的话，他却对我说："坐下。"我拉开他指的椅子坐下。

但是组长说的话跟我料想中的完全相反。

"加古川小姐,你想去策划部门吧?"

"啊,是的。"

"其实,我们组接到了一项任务。"

他这么说着,把手上透明文件夹里的策划书拿出来摊在我面前。

竟然是旅游策划部门标注"最紧急重要项目"的文件。

公司这次投入大量宣传预算,以海外视察的企业为目标客户制定了大策划,然后突然要设置这个策划专用的网页。"好不好用什么的全部都可以不管啦!总而言之要一个看起来很有型、很时髦,别家都无法模仿,让所有人一看就非得选我们公司不可的、前所未见的网页就是了!"他如此轻描淡写地提出无理要求,而且好像不仅是关联部门的管理阶层,就连社长都十分关心这件事。

"所以,要是可以的话,这个大策划的特设网页,想麻烦加古川小姐从零做起。"

"咦?"

我吓了一跳,来回望着手上的策划书和组长的面孔。

见惯的三白眼,瘦削的面颊和真挚的眼神,看起来实在不像是在开玩笑。

"为……为什么……"

事出突然,我只说得出这句话。

因为,组长,您不是讨厌我吗?为什么让我接这种众所瞩目的重要工作呢?

听我这么说,他的眉毛稍微下垂,苦笑了一下。我第一次看见他露出这样的表情。

"刚才我也说了,加古川小姐,你不是想去旅游策划部门吗?上次你不是还申请了调动?人事审查的时限就快到了,现在正是大显身手的时候呢。"

"欸……?"

"嗯,你常常有抓不到重点的倾向,所以我也就严格了一点。要是这次策划有好成果,那就顺水推舟,我也有底气能跟人事部门提报告推荐你啊!在此之前都是些小策划,也没什么特别值得提的,但如果是这样的大项目,当然部长跟课长也都会知道的。"

说者口若悬河,听者却犹如遭遇晴天霹雳。

我觉得这八成是天翻地覆的预兆，吓得浑身发抖。

"就是这样，现在正是拜托加古川小姐的最恰当时机啦！"他总结道。

我脑中不由得浮现了刚才跟西野小姐的对话：岸本组长——感觉是在称赞加古川小姐很努力呢！

一直无法厘清状况而陷入慌乱的脑子开始恢复正常运作，迟来的喜悦感慢慢在心中扩散开来。

——真的吗？

虽然很难以置信，但组长的眼神非常真挚。

"所以，你办得到吗？"

"我……我愿意做！"

在组长的追问之下，我二话不说立刻答应了。

原因之一，确实还是自己终于能参与一个大项目，而且还想抓住可能调动到期望已久的部门的机会。

另一个原因就是，在此之前对我尖酸刻薄、处处刁难的组长，竟然出人意料地认可了我的能力，这个事实让我振奋起来。

为什么特地把我叫到没人的会议室来交代这份工作，那个时候我根本完全没有想到这一点。

＊

在那之后，工作越来越忙得不可开交。

总之要做出时髦崭新且充满魅力的网页来。我连家也不回，舍不得吃饭和睡觉的时间，把所有其他企业的网页都看了个遍，试图想出自己的策划。我做了展示软件，印了许多草图，交到组长那里时，他当着我的面看了一下，然后深深地叹了一口气。

而且，在那次会议室的对话之后，我被称赞的事仿佛是我的幻听一样……岸本组长的态度跟以前一样毫无改变。

"加古川小姐啊，这个是参考了什么才做成这样的呢？"

"……'做成这样'是什么意思呢？"

"不懂吗？这样就是这样啊！连这也要一一明说，这是我的工作吗？"

你不一一明说，我根本不知道问题在哪里好吧！

我沉默不语，岸本组长就一言不发地用三白眼瞪着我。

"理由自己去想,这个是你从一开始就掌握了正确的概念,花了时间做出来的吗?也太不像样了。你真的看策划案了吗?拿回去,全部重做。"

啪嚓,他把纸张推给我,我哑口无言。

理由自己去想?

花了时间做出来的太不像样了?

这是我想了又想,想了再想才提出来的策划案。

话说回来,我并没有闲到能把所有时间都花在一个策划上。还有,叫我去想的意思是,要我照你的思考方式去做吧?这怎么可能!我又不是你。

咕噜咕噜,肚子里的"岩浆"又开始沸腾,升到极限的炽热涌至喉间,但绝对不能不小心说出口。

我握着拳头呆呆站着,双手无力地垂在身侧,岸本组长看也不看我一眼,径自说道:

"太软弱了吧,这样下去我永远也没办法跟策划事业部的主管和上面报告啊!策划案是有期限的,在明天之前必须定下初稿,也就是说明天早上就得交。"

我正确解读了他话中的含义——

他没法跟策划事业部报告。也就是说，这样下去不可能把我调动到那里。

反过来说，要是我设法熬过去的话，或许就能被调动到我想去的部门——如果进一步往好的方向解释，就是这个意思。

"……我明白了。"

所以，现在就是展现决心的时候。我这样暗示自己，转过身去，背后却传来他仿佛自言自语般的讽刺。

"那么多的便利贴上，都没写下半点有用的主意吗？真是没用啊！"

我装出没听到的样子。这是我唯一能使出的反抗手段。

但是，我微弱的反抗好像让组长不高兴了。"那个"，他故意用我一定能听到的声音说，"那个啊，小林君，这是加古川小姐写的报告，你能先看一下吗？那个孩子肯定有搞错的地方。"

他拿出的东西不是我现在正在做的策划。"欸，我吗？"小林先生惊讶地说。

"对不起，组长，我现在正在忙……那份报告，昨天加古川小姐已经拜托我检查过了……"

"随便看一下然后没发现问题，每次都是这样不是吗？你是老前辈了，应该不会花很多时间吧？仔细看一下。啊，检查过的地方要盖印哦。那就拜托啦！我去午休了。"

他几乎完全无视小林先生的话，强行交付了任务，然后就起身走向办公室的茶水间去了。

岸本组长几乎不吃东西。他在大家共享的冰箱里放着特别订购的咖啡豆，休息的时候就用手磨咖啡机磨豆子，然后泡咖啡喝，这是组里大家都知道的。而且他每天早上一定是第一个进公司的人，然后在没人的办公室里悠闲地品尝咖啡。

过了一会儿，从茶水间传来了咖啡的香味。平常会觉得香味很好，但我现在只有讨厌咖啡的感觉了。

我突然清醒过来，望向小林先生。

"那个，对不起，麻烦您……"

"没事，没关系，我习惯了。"

他咕哝着拒绝了我的道歉，开始检查我的报告。我连头都抬不起来。

习惯了啊。

看吧，万事不顺，给大家添麻烦的，果然只有我。

我无地自容，只能继续低着头望着自己的手。

*

在那之后，小林先生说"我觉得没什么问题啊……"他虽然这样打发了我，但不出所料，到了组长那里报告又是满篇红，并退回来要我重做。我手上还有其他策划的草案，只好又做到深夜。

组长要我重做这项策划，态度比以前更加坚决，而他照旧先下班离开。无奈我只能先把网页项目的资料送过去，明天早上八成又得置身地狱了。我现在就感到心情万分沉重。

话虽如此，今天我还是设法在零点之前回到家了。

我一边啃着跟昨天不同口味的炸鸡，一边倒在铺着莱姆绿床单的床上。

"啊——"

我不由得叹了一口气。

今天是星期四。

啊,马上就要到周末了。

空虚,就像这样吧?

在那之后,我一直忙于工作,根本没有余暇想到男朋友的事情,从某种程度来说是不幸中的大幸。一旦有了空闲时间,能够面对私生活的种种,就会想起至今的各种现实吧。

不是因为想起他而懊恼。

是因为什么也想不起来,而感到悲哀。

虽然过程平平淡淡,然而跟交往多年的男友分手,自己却没有任何感慨,实在很悲哀。

以前难过的时候,是可以哭出来的。

话虽如此,我还是觉得自己是属于很能忍耐的那种人,所以其实很少哭。但是,还是会流眼泪。

进入公司之后,一开始是会哭的。第一次做的那个网站首页策划被驳回的那天晚上,又难受又悔恨又伤心,我强忍着呜咽,从喉咙深处发出像青蛙被压扁的声音。

后来眼泪就流不出来了。

我并没有特别忍耐,纯粹只是心中空空荡荡,什么也感觉不到。

为了公司，为了工作，一直拼死拼活牺牲私人时间。

结果就是这样。空空荡荡，一无所有。这也是理所当然的。

对我来说，除了在公司努力工作之外，已经别无选择。

男朋友也没了，剩下的只有工作。

我已经，只拥有工作了。

在那家公司，在那个部门，最不中用的我，最累赘的我。即便如此，最无法离开公司的，也是我。

本来不应该是这样的。

扑通扑通，心脏跳动的声音直接传到耳中。我明明并没有运动，真是奇怪啊！心跳得非常厉害，呼吸急促。郁闷难解的东西沉淀在腹中，随着呼吸空气像是刮削着气管一般。

明明不应该是这样的。

到底是哪里出了错？出了什么错啊？我搞错了什么呢？犯错的是我吗？是我不对吗？是我吗？是我吗？是我吗？

啊，不行了。

再这样下去，会完蛋的。

我充满了危机感，眼珠子骨碌碌地转着，视线在小小的房间里徘徊。

睡不着啊，得做点什么事，要是什么也不做的话会完蛋的。得做点什么。

然后我看见了随便扔在床上的礼品小目录。

这是什么啊？我疑惑地把头歪向一边。然后我立刻想起是之前我去参加朋友的婚礼时拿到的。里面还夹着宴席桌上放的留言卡。

"感谢您今日光临！相信下次就是我去参加玲美的婚礼了！"

我记得婚礼是黄金周的时候举行的——那时我刚进公司没多久，还没有这么忙碌。那个朋友也是跟高中时就开始交往的男朋友修成了正果。

对不起，你说的那个家伙，不久之前把我甩了。

我试着在心里道歉，不知怎的却发出奇怪的笑声。

真是太难堪了，但是，我一点办法都没有。

我想转移一下注意力，随便确认了一下礼品目录的期限，竟然只剩下大概一个星期了。

然而我现在没有想要的东西——硬要说的话，就是希望能感到心安吧。

所以，我脑中浮现的，是非常无聊的念头。

虽然我完全无计可施，没办法成为朋友期待的那样幸福的人，但好歹认真地订购有没有都无所谓的东西看看吧。

这么想着，我噼里啪啦地翻着目录，不经意间看到"儿童用品类"这个跟我最不相关的词。

好了，就这个！我翻开页面，上面都是跟我无缘却耀眼夺目的照片。

跟孩子一起赏鸟用的望远镜、最适合用来教课的迷你显微镜、简单的户外用品、玩接球用的手套。在附近的公园里玩草地棒球的话，则推荐金属球棒。

金属球棒啊。

不用说草地棒球了，我对职业棒球都不感兴趣。这真的是我一辈子都不想去碰的商品吧。但是这么说的话，那手套也是，迷你显微镜也只能观察食盐结晶吧，我也没有用望远镜赏鸟的兴致。无缘的程度全都差不多。

嗯，但是，金属球棒……

那个时候，我脑中突然浮现的画面是悬疑剧里常见的击杀画面。

这可不是故意让档案夹掉下来的程度。要是能这样把组长干掉的话，会有多爽快啊！

用双手紧紧握住球棒，尽情挥动。击中后脑勺！打出全垒打！开玩笑的。

我想象的画面实在太恶心夸张了，连自己都不由得失笑。然而回过神来，我已经点进了礼物目录的订购页面。我输入金属球棒的商品编号，点击发送。完全没有迟疑，全凭冲动行事。

手机立刻响起收到订单的信息铃声。

"感谢您的订单。商品将在一周左右寄到您手上。"

……我真的买了。

订购这种没用的东西，我到底是在干什么呢？

然而我想象了一下没用到极点的金属球棒在房间里滚动的样，况且那还不是普通的棒球球棒，而是随时都可以把那家伙轻松干掉的凶器。实在是太超现实主义了。我偷偷地笑起来。

不知怎的，这样让我觉得稍微高兴了一点，我躺在床上闭上眼睛。本来以为睡不着的，结果却立刻入睡了。

*

我一边觉得自己买了奇怪的东西，一边因为一时兴起的恶作剧而感到内心轻松了一些。

因此第二天早上，我得以神清气爽地出门上班。

我在自己的位子上坐下，组长已经把我昨天交上去的决议案退回来了。我一边斜眼瞥着文件，一边打开自己的笔记本电脑，随手打开电子邮箱，查看有没有必须立刻处理的急件。

果然邮箱里是外包厂商发来的定期报告、福利厚生[1]部署的通知，还有一些垃圾邮件。但是，其中有一封邮件让我不由得歪着脑袋定睛看着。

---

[1] 即厚生劳动省，是日本负责医疗卫生与社会福利保障的部门。——编注

"企业海外视察策划的特设网页相关"。

"咦？"

那正是，我憧憬的——同时也是最重要的业务要开始进行了。策划事业部发来的通知信件。内容不用说，就是我设计的那份策划。送件者是事业部的部长，收件者是岸本组长，为了防止误差顺便发送副本给业务部门共通的邮件信箱。

……直接发给岸本组长？好奇怪啊，负责人分明是我的……

我心中感到骚动不安。算了吧，第六感告诉我。要是搞清楚了就不能回头了。即便如此，我还是没有忍住，点开了邮件。

果然不是什么好事，我的预感不幸成真了。

"岸本组长提出的网页策划案，非常出色。虽然我们也收到了其他新的网站首页设计，但在全部评估之后，我们还是决定选择这个策划案。在繁忙的业务中还能比我们指定的日期提早三日交出，真的非常令人佩服。"

什么？

这是，怎么回事？

邮件的内容，我完全无法理解。

那封邮件是回复的格式。原来的邮件是岸本组长今天一大早发给策划事业部负责的课长的，添加的附件也能看得一清二楚。

那是我彻夜绞尽脑汁，被组长嗤之以鼻"这也太不像样了"的好几个网站首页设计。

"提案和操作都打算用你的名字。"

"也就是说明天早上就得交。"

记忆中岸本组长的声音，像飞虫扇动翅膀一样，在我头盖骨内侧嗡嗡作响。

"啊啊，岸本君！收到邮件了吧？那边的部长非常满意呢！在这么短的时间内，竟然能做出这么多种不同的设计。果然拜托岸本君是对的。"

我睁大眼睛茫然地瞪着屏幕上的邮件，课长的声音像针一样刺进我的鼓膜。接着是岸本组长得意扬扬的声音。

"不敢当啊！您能这么说，那我绞尽脑汁想出来的策划也就没白费！"

"又这么谦虚了。你做事总是那么有效率，这次也是飞快就交出来了不是?"

"哈哈,您过奖了啊!真是不好意思。"

啊啊……这样啊。

怪不得呢。原来如此。

我突然明白了。

为什么特地把我叫到没人的会议室跟我说话,为什么表现出比平常更加热切诚恳的态度。

他那张嘲笑的面孔灼烧在我视网膜上。

啊——啊!

我突然想起昨天晚上订购的金属球棒。

课长的声音还在继续响着。

"下次的人事提拔,一定要推荐岸本君当课长啊!你是不是下星期还会有其他的提案?我们非常期待哦!"

他说的那些提案,现在正在我手上。要是我能痛快地把这家伙的脑袋砸烂,心里一定会非常痛快吧!

＊

偏在这种时候，就反而不忙有空了。

平常放假的时候都要加班，在极度繁忙中突然有一个空闲周末，我突然觉得，一切都无所谓了。

所谓有气无力就是这样。

被交往多年的男友甩了，心想那就专注在工作上吧，然而我的努力工作看起来并不值得。

无论做什么都被否定，无论做什么都不算我的业绩。不被任何人需要的废物。我觉得自己背上好像紧紧粘贴着这样的标签。

反正，只要那个男人在我头上，就绝对不可能有人注意到我，我也无法获得评价，无论做什么都是徒劳。我已经无处容身，走投无路了。就这样活下去也没有什么意思了吧？

每天都很辛苦，很辛苦。但是，我已经连感受到辛苦的余力都没有了。我到底为什么要把自己搞到这种进退两难的境地呢？

这样的话……真的，干脆死了算了吧。

这里是八楼，跳下去很容易。我正茫然地这么想的时候，不知怎的觉得应该去那个可以切断缘分的神社看看。

那里离我男朋友——应该说是前男友——上班的地方很近，虽然我觉得要是不小心在路上碰到会很尴尬，但我决定积极地正面思考，如果那样的话就有机会当面把话说清楚，这也不错。

最重要的是——虽然不知道该怎么解释——只不过在网上查过一次的那个神社，不知怎的就非常想去看看，总之就是在我脑中挥之不去。

还有，我家到那座神社的距离说近不近说远不远，搭电车再转车大概一小时——那是需要鼓起勇气早起出门才能去的距离。即便如此，平常不上班的日子都累得要命赖床不起的我，今早却不到八点就醒了。

之前那位对占卜和灵力感兴趣的朋友或许会说"那就是在召唤你！"之类的话，然而我不信这些。总之，我心想那就看看天气怎样吧。带着这种消极的心态拉开窗帘，外面晴空万里。好吧，我这就下定决心出发，悠闲地往车站走去。

神社周围有时髦的咖啡厅之类的观光地点，但我像是被什么操控了一样，连早餐都顾不上吃就出了门，空着肚子一路往神社奔去。

我穿过鸟居[1]，走向洗手台。以前我去老家附近的神社做新年参拜的时候，买路边摊的东西边走边吃，连手都不洗就去参拜了，但这回不知怎的就觉得应该照规矩来。我清洗双手，然后用手掌中的水漱了口。从出水口缓缓流出的水十分清凉，浸湿了我干燥的手指和口腔。

网上说节假日时这里的女性参拜者多到要排队的程度，但今天神社里没有什么人。宁静的参道两侧是浓密的常青树，覆盖着木造的红色鸟居。我沿着白色的碎石步道前进。

我一边走一边随意地瞥向旁边，心想：啊，红漆已经斑驳的铁架上，就跟网络上看到的照片一样，挂着无数的绘马。

用"结结实实"来形容都不为过，层层叠叠挂着的

---

1 指日本的神社入口处的牌坊。——编注

白木板都快被挤爆了。最上面的绘马上的笔迹十分眼熟。是谁的呢？我在记忆中搜索，马上就想起来了。就是那个失去了孩子的母亲。

上面写的并不是满满的诅咒之词。

"非常感谢您"。

上面只简单地写着这几个字。

这是什么意思呢？

我一边瞥着众多的绘马，一边往前走，很快就到达了主殿。神社整体占地面积并不大。我正对着主殿，在功德箱里扔了五日元的铜板香油钱。我抬头望着暗灰色的铃铛，左右晃动黑色的绳索。绳索没有晃得很厉害，铃铛发出哐啷哐啷的沉重声响。然后我生疏地行了两次礼，拍了两次手，再行一次礼。

只不过是这样而已，我的内心却不可思议地充满了虔诚的感觉。虽然没有跟任何人说话，甚至脑中也没有浮现半句话语，却像是在跟什么人交谈一般。我闭着眼睛低下头，后面传来一群女性的声音，我慌忙离开现场。

我走向本殿旁边的神社办事处，望着柜台上陈列的御守和绘马。不知怎的刚才看到的那句"非常感谢您"

一直在我脑中挥散不去。

一直想这是什么意思也没有用。

那个字很有特色,我觉得一定是那个妈妈写的,但冷静下来想一想,只是刚好字体相似的某个人写的可能性更高——我本来就没有记得很清楚。

就算是那个妈妈写的,也可能……只是不再怨恨犯人,断了这份孽缘后如释重负,所以来表示感谢而已。这样不是很好吗?——不,一定是那样的。

因为,那个妈妈的愿望是……

"……用世界上最残暴的方式杀掉。只要那家伙还活着,我晚上就睡不着觉。"

要是,那个愿望,真的实现了的话……

不不,这可能性实在太低了——但要是那样的话……

就太好了啊!

脑海中浮现的想法过于明确,我不禁愣住了。

就在那时,我感觉脚底发痒、坐立难安,内心涌出无法克制的羡慕和渴望。

"请给我一片这个。"

我舔了舔干燥的嘴唇，拿起一块小小的木片，对一直在柜台后面偷偷瞥着我的巫女说道。

"请捐献五百日元。"

面无表情的巫女轻声回答。我从钱包里拿出五百日元硬币，放在她伸出来的手心上。巫女细白修长的手指简直像是用蜡做的一样，缺乏现实感。

"那边有笔可以写字。"

我顺着她指示的方向看过去点点头，巫女最后又小声补上一句：

"希望您能斩断恶缘。"

我觉得自己的内心仿佛被人看透了——我行了一礼，悄悄地往放置写绘马用的马克笔之处走去。

我对于要写什么毫不迷惘。

"请用这个世界上谁也不知道是我干的方式，杀掉岸本晓仁。"

我一口气用马克笔写完。

只是绘马而已——虽然我心里确实是那样想的。

我欲遮掩写了什么似的，把绘马抱在胸口，快步走向油漆斑驳的铁架，轻轻地把绘马挂上去。转念一想又把刚挂上去的绘马藏在写着"非常感谢您"那块绘马底下。

我的心脏怦怦地跳个不停。啊!真的写了。做这种事情真的好吗?不知道是因为罪恶感还是成就感,我品味着这种无法言喻的骚动与不安,像逃跑一样离开了神社。

*

在那之后,我充满了悔恨。那块绘马,要是被认识的人看见了可怎么办啊?不,上面并没有写我的名字,但是搞不好有人能从笔迹上认出来。或许还是拿下来比较好……

真的是非常平凡的烦恼,最后我仍旧是毫无作为,到了傍晚安慰自己"只不过是一块绘马而已",就这样将烦恼抛到脑后了。

之后我随便逛了一下附近的观光地点,吃了糯米团子跟手工仙贝,一路上并没有碰见什么熟人,然后就这样回家了。

我玩着手机，并没有特别想查阅什么，只是翻了一下社交网站的内容。突然叮咚一声，门铃响了。对讲机传来年轻男子的声音。

"送快递。"

"来了。"

穿着蓝色条纹制服的快递小哥，把一个细长的纸盒子交给我，然后就走了。

不用看内容标签也知道是什么。

就是那根金属球棒啊！比我想象中到得更快呢。

因为商品摆在儿童用品的分类区，我以为会是比较脆弱的便宜货，没想到不用打开盒子都感觉得到它的重量。这真的可以当凶器用了啊，我在心中窃喜。

好了，东西送到了，现在该拿它怎么办才好呢？

要不然送给附近的小学吧。如果要送出去的话，不打开新品包装可能比较好。不过平常上班的日子，不可能有空送过去，到底什么时候能送也不晓得……

我把球棒连盒子一起靠在墙边，望向窗外。从单身公寓的八楼望去，可以眺望闪耀的都市夜景，以及笼罩在街景上方的、让人深感自身渺小的薄暗星空。

"啊啊！"

我不由得发出叹息。本来应该跟男朋友过的周末，却在一时兴起之下变成了不可思议的经验。虽然，我并不后悔。

我倒在莱姆绿的床单上，闭上眼睛。可能是走过头了吧，身体感觉到健康的疲劳。

可能是在绘马上发泄了毫无虚饰的本心吧，我觉得心里头轻松了不少。或许是斩断恶缘的神明把我心中的烦躁不安都一刀切断，让我如释重负也说不定。

我是这么觉得的。

*

那天晚上。

我做了一个奇怪的梦。

话虽如此，但并不是见到了什么奇特的景致。同样的房间，同一张床，同样的莱姆绿床单，枯萎的盆栽小西红柿，并排的营养液瓶罐。

神奇的是，梦中的我还能思考。

首先，我知道，这是一场梦。虽然是在梦里，但床单的触感，以及桌上喝剩的红茶的香味都非常真实——我觉得这就是那位对占卜和灵力能量感兴趣的朋友说的那样："自己知道是做梦的梦？那叫作'清醒梦'哦！"

　　我睡觉的时候分明是晚上，但通过窗户看见的景色是白天，晴空万里。有点像去神社参拜的时候那样，让人神清气爽的清一色蓝天。

　　啊，今天天气真不错。

　　然后，我这么想着——

　　难得天气不错，今天我就把组长干掉吧！

　　为什么在此之前都没有想过这么简单的事情呢？天气不错，正适合外出。刚好又有非常称手的凶器寄到了。因为话说回来，这球棒本来就是要用来干掉他的不是吗？

　　就是啊，想干掉他的话，动手不就好了。

　　反正是做梦。"清醒梦就是因为可以做自己想做的事情，所以才有魅力啊！"我记得我的朋友非常热切地这么说过。

　　既然如此，就要趁热打铁。我就像决定早饭要吃什么一样轻松愉快，一边哼歌一边打开盒子的包装。里面果然是沉重的铅色球棒。

但是，公然拿着凶器到处走也是个问题。

想到这里，我从衣柜中找出许久没用的黑色波士顿包。我把球棒塞入学生时代旅行时的良伴里。

哎哟，袋子好小！或者应该说，球棒太长了！

像卖特大香肠的盒子一样，我看着球棒从女用的可爱黑色包包里露出来的样子，忍不住扑哧笑出来。什么啊这是，太好玩了。

没关系，反正是梦，就这样吧。要是香肠的话，那接下来就该加上番茄酱，岂不是很合适嘛！

我望着塞着球棒的丑包包，自己一个人咯咯地笑起来，然后精神百倍地准备去上班。

接着，我就醒了。

嘟嘟嘟，放在枕头旁边的手机振动起来。那不是别人，是我为了让自己不睡过一个小时而设定的闹钟。

望向窗外，夜空一片漆黑。时钟显示午夜。

真是讨厌的梦啊！

心里虽然这么想着，但心情却很好，真是不可思议。

想干的话，干掉他就好了啊！

我扭曲着干燥的嘴唇笑起来。这种不可能实现的、一般人根本不会有的想法，不知怎的让我觉得很可笑。

*

我可能真的是累了吧？

那个梦，并不是做了一次就完了。

次日晚上，我躺在床上入睡之后，又看见了同样的晴空，在目眩的朝阳下眯起了眼睛。

我环视室内，地板上果然散落着营养液的空瓶，窗边的小西红柿状况凄惨。跟平常一样的套房里，唯一的不同之处就是床边放着的波士顿包包。看起来有点邪恶，像黑色热狗的金属球棒从包包里露出来。

太好了，还在呢。

看见那个的时候，我的心潮立刻翻滚沸腾起来。

凶器搞定。接着，该穿什么呢？就这样穿着从老家带来的白底小花睡衣吧！嘻嘻，我用手掩住嘴角。

应该尽量做平常的打扮，穿那种去办公室也不会特别引人注目的服装吧。裤装，然后很容易往上推的花边袖衬衫……不行，可能会被喷出来的血溅到，还是上下都穿深色比较好吧。鞋子要穿不会妨碍行动的，好走又不会发出声响的那种。

我简单地化了妆，换好衣服，拿起包包潇洒地出门。

啊，天气真的不错。简直就像全世界都在帮我加油一样，这种孩子气的妄想让我觉得很愉快。那么，今天就把组长干掉吧！难得天气这么好，不把组长干掉可不行。

抵达车站的时候，我听到电车哐当哐当的声音，这才从忘我的境界中醒过来。

倒不是反省自己怎么会有如此愚蠢的计划，而是想起了重要的事。

这么说来那个家伙，比谁都早到公司，总是自己一个人喝咖啡。实行的话，比起下班不如一大早动手比较好。

这次没有特别早起，这样就得回趟家再出门了……

我不经意地瞥了手表一眼，神奇的是，时间竟然是上班前两小时。现在这样去的话，应该可以赶上组长一个人在的时候吧。真是幸运!果然运气是站在我这边的。

然后,我又在这里醒过来了。

嘟嘟嘟,我从被子里慢慢伸手拿过振动不停的手机。我一边用睡衣的袖口揉着睁不开的眼睛,一边确认起床时间,然后望向窗帘的缝隙。虽然是早晨,但外面非但不是晴空万里,反而一片灰白。是阴天。

我慢慢地起身,从床上望向应该放在房间角落的球棒。我看着仍旧没有打开过的纸盒,叹了一口气。

不管怎么样,也有点太那个了吧?还连续两天做同样的梦。

我的这种深层心理真是太恐怖了。所谓的恨入骨髓也就是这样了。

*

第二天,接着下一天,我一直做着要去干掉组长的梦。

"……呃!"

早上,从同样的梦中醒来,第一件事就是确认靠在墙边的金属球棒。今天也是，我非但没有把它放在包包里，就连球棒的包装都仍旧没有打开。我松了一口气。

但是，日复一日，我拿着塞进球棒的波士顿包包搭上电车的时候、从到公司的那一站走向办公室的时候……梦境慢慢地进展到干掉组长的那一刻。

只不过是梦而已。

没什么大不了的。

证据就是，分明拿着那么奇怪的包包，但不管在电车上，或是走在路上，都没有人注意到我。我真的就像变成了空气一样。

即便如此，就算是梦，这也是……要去杀人啊！

在意服装，加上中途还有实际的计划，一开始醒来的时候我还会陷入自我嫌恶。然而在梦里，我就像要去远足的小学生一样，心情愉快地一路前进，不知何时连罪恶感也淡薄了。

那一天，不知怎的，在睡着之前就有种"啊，差不多就是今天了吧"的预感。

一步又一步，一个瞬间接一个瞬间，慢慢进展的梦境——我终于到达办公室。

我们的办公室在七楼。因为是做梦，所以一切都非常顺利，警卫室里没有人，本来应该要刷员工证才能打开的门，也根本没有锁。

我毫无阻碍地走上还没开灯的办公楼层走廊，穿着行动方便的平底鞋，发出轻轻的脚步声。

到了七楼，这里也一样不需要员工证件，自动门大敞着。

我悄悄地探头进去，仔细观察自己小组桌位的所在地。

他在。

从我所在之处，只能看到弓着背对着办公桌的岸本晓仁，以及他梳得油光闪亮的头发。那就是他，绝对错不了。现磨咖啡的香味飘过我鼻端。

微苦，却甘甜。香得让人想吐的，那种味道。

顺着香味来源接近，我轻轻地把金属球棒从波士顿包包里拿出来，用两手握紧。我自从小学体育课打垒球以来，就没有握过球棒，然而冰冷又沉重的球棒，却异样地称手。

他对着电脑，好像在工作的样子。

可能因为是在梦里吧，即使走到呼吸都能吹拂到头发的距离，组长也完全没有注意到我。我双手高举球棒，站在他背后，四下张望。百叶帘都没打开，阴暗的办公室里，只有他咔嗒咔嗒点鼠标和偶尔啜饮咖啡的声音。

我此时视线不经意地落在他正在看的电脑画面上。他打开的是某个表格。

看了一会儿，我察觉到屏幕上文字的含义，不由得倒抽了一口气。

那是人事部门发来的员工派遣部门意愿调查。

审核的系统，像我这样的新人是不太清楚的。但是注意看下去，内容似乎是"下次就算不立刻回复也没关系，但如果有调动的话，希望能够告知谁要调动到哪里"。

然后人事部会先提出"这个职务由某人担任如何"，向各小组发送推荐资料。然后那个人的直属上司就会判断"对，这人适合"，或是"不，这个人不适合"，在资料人名上面画红线剔除……像这样的系统。

明白这一点的时候，我几乎不由得"啊"地叫出声来。

表格上有业务、经理之类的职务，旅游策划部门——我憧憬的职位也在其中。

然后，人事部推荐的名单中，也有我的名字。

简直就像骗人的一样。真的吗……？

我不由得热泪盈眶。但是我忍着没有发出声音。

面试的时候，我这个毫无经验的新人热切地表示想进非常抢手的旅游策划部门工作，人事部的人还记得吗？虽然只是在备注栏里写着"在目前的工作岗位上积累经验之后"。

我的努力不是完全白费的。因为只要在现在的工作岗位上努力，下次人事调动的时候，说不定就能……我心中充满了希望，非常激动。

对了，上次的策划案，他不是也说了吗？

只要这次做出成绩，或许就能够累积足够的评价了。

然而，我的功劳说不定都已经被人窃取了。

他也是人生人养，或许真的会遵守那个承诺也未可知……

却不料，岸本组长好像也在看同样的栏目。他停下了滑动鼠标滚轮的手，一直望着同一个画面。

我只能看见他的后背。

但是，我突然感觉到他的嘴唇扭曲，发出嗤笑。果然我之前是想多了。

他移动鼠标，光标滑过我的名字。

然后，他毫不迟疑地，在我名字上画了"不适合"的红线。

在那瞬间。

从我体内深处涌上的火焰挤压着肋骨，心脏像是被纯黑的激烈感情绞紧了一样。

一直压抑在内心深处，但是不能跟任何人吐露的情感。

这一切倏地涌上喉头，简直像是要呕吐出来一般，我的手腕蓄起了力道。

所有的迟疑跟迷惘，都消失殆尽。

他再度伸手拿咖啡杯，正要喝一口的瞬间，我举起球棒，用尽全力挥向他的后脑勺。

——咔嚓。

只是简单到让人觉得不过瘾的程度，他的脑袋就被打裂了。

我的第一印象是，好像劈开的西瓜啊！看起来很像，破裂的程度也差不多。这应该也因为是在梦中吧？

但是，要是事实上也是这样的话——人类的脑袋，就实在有点靠不住啊！

上半部就这样轻易被打烂，像模型一样，被从中一分为二；只留下下半部的牙齿，让人联想到理科教室里的骨骼标本。

但是只过了短短的一段时间，暴露在空气中的断面就拼命涌出东西来，像是在强调"不是，我是真人啊"。

一秒之后，水声伴随着像乱喷的番茄酱般不知是液体还是固体的东西四散纷飞，溅在椅子、桌子和电脑上。马克杯从无力的手中掉落在地板上，咖啡成了一小摊黑色的水，但立刻被红色覆盖得消失殆尽。

红色。

……红色。

像下雨一样。

我一边沐浴在温暖的红雨中，一边瞪着组长的后背。

脑袋剩下一半,但一时之间还维持同样的姿势面对着电脑的身体,仿佛终于想起来似的开始摇晃。接着就像打瞌睡般往前栽倒。靠在桌上的手肘维持着打字的基本姿势,放在键盘上的长手指在身体的重量之下往前滑,抵到了屏幕上。哐当——这声音实在刺耳。

死了吗?

……死了吧?

但是,还不够;

还要,更进一步。

我脑袋深处仍旧发热作痛。这个,应该是肾上腺素在作祟吧?我仿佛事不关己般地笑了起来。

因为还不够啊!

不是还有,下半部吗?

是不是啊,组长?

打一次是不够的,多少次都不够。这个男人不配在这个世界上留有一丝痕迹。

把脑袋打烂后,组长的头已经不成形状了,但我仍旧持续不断地挥动球棒。砰咚、哐当,这种类似敲打固体的声音,不知何时已经成为像在搅动液体般咕嘟、啪嚓的水声。等我回过神来,办公桌周围已经惨不忍睹。

哎哟,我露出苦笑。今天也打扮得整整齐齐的,却落得这个下场,真是白费功夫了啊!得再用些发胶了呢,组长。

对了对了,已经一片血红的那份资料,不就是那个策划最新的纸本嘛!我提出的内容,反正一定又是被他随便修改,然后得意扬扬地用自己的名字提交上去的吧?真是太可惜了呢。漂漂亮亮地印出来,竟然搞得这么脏,人家一定不肯看了吧?

虽然脑袋没了,但好像仍坚持继续工作般地倒在桌上的尸体、吃尽苦头千辛万苦才完成的决议案、不应该碰水的电脑等全部都被红色液体搞得一塌糊涂。

这一切的一切,都很好笑,太好笑了。

"嘻嘻……哈哈哈!"

我抱着肚子大笑不止。

啊哈,啊哈,啊哈哈哈哈!

沙哑的声音从喉咙里挤了出来。

我放下球棒,用手摸脸颊,感觉到黏糊糊的东西。手中残留的那种击中骨肉的触感更加鲜明。

终于，干掉了。

终于，虽然这么想着，然而虚脱的感觉却大于成就感。

因为，这么简单的话，那现实中应该也办得到吧？

看着眼前跟恐怖电影没有两样的血腥光景，我心中浮现的感想看似有点愚蠢。

怎么这样啊？对不对？

不是很简单吗？

那么高高在上瞧不起人的家伙；把我当傻子一样耍得团团转，看我的眼神像是看着不配活着的垃圾一样的家伙；把我辛苦做出的工作成果，全部都理所当然地据为己有的家伙。

我过得那么艰辛、那么难受，甚至连想死的心都有了，然而一切却这么简单、不费吹灰之力地被我干掉了，什么也不剩下，就像这个人完全不曾存在过一样。

"蠢透了。"

我发出声音。

为什么不早点这么干呢？

分明心里觉得无比痛快，但嘴里却泛起说不出的苦味。

为什么呢？因为无论是散发出温度的尸体，或是闻到刺鼻的血腥味，全部都非常真实，让人没办法摆脱"这可能不是真的，是梦吧"的感觉。

我迟疑地捏了捏自己的面颊。醒不过来，而且，会痛。

感觉得到疼痛。也就是说——

说不定，这不是梦？

不是梦。

骗人，骗人的吧？

"怎……怎么办……"

我一开口，声音发抖。

发现自己声音发抖，我更加焦躁起来。

怎么办？怎么办？怎么办？

怎么办怎么办怎么办怎么办怎么办！

我完全陷入慌乱中。判断能力迟钝、运转不灵的脑袋中，只有"怎么办、怎么办"这句话像广告塔的电子公布栏一样不断地跑马灯。

最后，自然而然达成了结论：

"藏，得藏起来……"

得藏起来，得藏起来，得藏起来。能藏身的地方，在哪里？该躲在哪里？我猛地拉开抽屉，想将尸体的血肉都扫进去。

不行，没地方可藏。当然不可能。灰色的鼠标都被染红了，无法收拾。

在我手忙脚乱之时，背后传来了动静。

有人来了——是同事们来上班了。是啊，有人，终于来了。

我听到自动门打开的声音，脚步声渐渐接近。明朗的一声"早安"，是西野小姐吧。也可能是别人。

不管是谁都一样。怎么办？现在这个样子。

我的心脏怦怦地跳个不停。我大汗淋漓、汗流浃背。

别这样。现在，别过来。拜托了——！

就在这时，我醒来了。

手机低调地嘟嘟嘟振动，告诉我起床时刻到了。

"……是梦啊。"

我从被窝中慢慢伸出手，关掉闹钟。

是梦。

我呆呆地望着墙边。本来应该已经变成凶器的金属球棒，果然还是连包装都没被打开，靠在墙边。我果然还是不想打开，确认里面物品的颜色和手感。

"太好了，只是梦而已……"

我不由得喃喃道。

那当然是梦啊！人的脑袋没有那么容易就碎吧？况且我怎么可能干得出那种事情来。

那种事情。

一瞬间，梦中的情景鲜活地在我脑中浮现。

飞散的鲜血、白色的骨头，看起来纯真得不像那个男人的样子。我们甚至还对上了眼。

"哕……哕……"

突然间强烈的反胃感，让我从床上滚下来，冲向浴室。

我抱着马桶把脸凑过去，将胃里的东西吐得一干二净。这么说来昨天的炸鸡是芝士味的……脑中又浮现了毫不相干的感想。

全部吐完，我用手背擦嘴，慢慢地站起来。我的肩膀上下起伏，试图慢慢让呼吸平稳下来，然后用手撑着洗脸台稳住摇晃的身体，望着镜子。

镜子里是疲惫不堪、眼窝凹陷、让人不忍直视的面孔。

但是，再度体认那是梦的瞬间，我简直要流下安心的泪水。

……是梦，太好了。

真的，太好了。

我突然想起神社的绘马。

那个……难道是？

说不定神明在利用梦境，教训我"不要有杀人这种愚蠢的想法，积极地活下去吧"。

确实如此。杀掉那种人渣，我成了杀人犯，我的一辈子就毁了，这对我完全没有任何好处。

与其想这些有的没的，不如考虑一下明天该怎么办吧！这不是神明托梦告诉我的吗？

确实，我曾经想过，真的逼不得已就干掉他好了！在梦里付诸实践的时候，我感到非常痛快。

人到逼不得已的时候，什么事都干得出来。

被上司全盘否定，只不过是因为他看我不顺眼。被交往六年的男朋友甩了,那就再找一个合得来的人就好。虽然我想和他最后一次好好把话说清楚,但跟他已经结束了。

我觉得我已经看透了一切。老实说,这才是真正的"醒"了。

神明大人,万分感谢。我在心中默念,漫不经心地瞥向洗脸台上方挂着的电子钟。

九点二十五分。

顺便一提,我们公司的上班时间是九点半,我从家里搭电车要二十分钟到公司。但我不是刚刚才按掉闹钟的吗!我慌忙查看手机确认,原来手机好像默默振动了将近两小时之久。

"完全迟到了……!!"

我急忙穿好衣服,慌乱地出门。

路上我试着给公司打电话说"对不起我要迟到了",但今天与往常不同,没有任何人接电话。怎么回事啊?我们公司的方针是,电话响一声就要立刻接起来……我一边觉得奇怪,一边赶向车站。

没办法，我试着打组长的私人手机。虽然一大早就听到昨晚干掉的家伙的声音让人心情沉重，但打了二十多次，他也没接电话。

接着是课长，他也没接。最后我只好在社交网络的群组里，发消息给同事，如小林先生跟井坂先生等人，说"我睡过头要迟到了"。为了保险起见，我也发给了西野小姐。

但是，这些消息也都显示未读。

这样一来我只能直接赶往公司，弯腰低头道歉说："我睡过头了。"我做好最坏的打算，在电车上摇摇晃晃、焦躁不安地看着窗外消失的景色。

在熟悉的路上朝公司大楼全力奔跑时，我感到有些不对劲，把头歪向一边——

灰色的大楼前面挤满了人，多到难以置信的地步。要绕过这些人，恐怕得费点功夫。怎么会这样？到底是发生了什么事啊？

"说没抓到犯人。"

"监视器画面全都一片漆黑，什么也没拍到。真的假的？"

"尸体的样子，好像很凄惨……"

"受害者是这家公司的人吗？"

听到的片断对话让人感到不安。我从人群的缝隙间望过去，熟悉的门厅前拉着我只在电视上见过的"禁止进入"和"KEEP OUT"的黄色警戒条，让我更加吃惊。

特别是，熟悉的街道旁停着警车，而且还有好几辆。

这是怎么了？到底是怎么回事？

"啊，不好意思，请问发生什么事了？我是这栋大楼公司的员工，刚刚才到，这是怎么了……"

我试着找了一个看起来像是上班族的旁观男子询问，他应该是路过时停下来看热闹的。他很痛快地回道：

"发生了杀人案。好像是一个一大早来上班的员工被杀了。犯人还没有抓到，大楼里的每个人都被抓起来调查了。"

"欸……"

我说不出话来。

这家公司？杀人案？

我突然想起昨晚的梦。"杀人案"对我来说是个非常敏感的词。在做了那种梦之后，第二天早上竟然发生这么可怕的事情。我觉得浑身汗毛直竖。我怯怯地问他："您知道是哪个部门发生的事吗？"

"我不是这家公司的人，不知道详细情况……刚才我听到警方提到，发生在七楼。"

七楼。竟然是我所属的部门。

心脏，不，我的全身都颤抖起来。我假装没感觉到自己背上渗出的冷汗，低头望着地面。

反射的阳光照在铺地石上，闪得让人眼睛发痛，啊啊，今天天气也真不错啊！我漠然地想。

我沉默不语，他继续说下去。

"好像是被打死的。虽然警方还没找到凶器，但貌似是某种棒子。死者被几度用力殴打……简直不像是人能干出来的事，脑袋烂得都看不出来是谁了……"

我头晕目眩。

眼前一片模糊，我摇摇晃晃地往后倒下。

"这位小姐，你没事吧……"

"没事，我还好。"

某个上班族看见我脸色不对表示关心，但我挥挥手，离开了现场。因为……

难道，难道，难道……

偶然吧？一定是偶然。

被杀的也不一定是组长。

不只是组长，连课长和同事都联络不上，七楼到底发生了什么事，仍旧不知详情。

我正这么想的瞬间，放在包包里的手机振动起来。我慌忙在包包外侧的口袋里摸索。我没有看清楚来电者是谁就接起电话，课长的声音在另一端响起。

"加古川小姐！你现在在哪里？"

"对……对不起……我睡过头了……现在，在公司前面……我有跟大家联络……"

"啊，真的，有未接来电，抱歉。冷静，镇定一点，我有话要跟你说……"

我浑浑噩噩地应了一声，课长又焦急地重复了一遍。冷静。他听起来就一点都不冷静。

"岸本君，遇害了。"

"……"

"我知道你一定很震惊，总之先回家待命吧。幸好你的部门大家都还没上班，但已经到公司的员工都在接受警方侦讯——加古川小姐，你在听吗？"

哐当。

手机从我手中滑落，掉在铺地石上，滚到旁边去了。我茫然站在当场，望着摔裂的屏幕发呆。

*

在那之后发生的事情，我记不太清楚了。

回过神来时，自己已经站在那座神社前面。

这难道是梦的延续吗？我一直捏自己的面颊直至生疼。要是这样还醒不过来的话，这就真的不是梦，而是现实。

不对，不对。不可能的。

不可能是我杀的。早上我分明睡在自己的床上，连球棒的包装都没打开。监视镜头也什么都没拍到，不是吗？

但是，即便如此，不管怎样——那个绘马都得处理掉才行。

我在焦躁的驱使下，一心一意地赶到了切断缘分的神社。

这次我没在洗手台洗手,快速走过参道,直接赶到吊着绘马的金属架处。今天不是假日,神社内连一个人影都没见到。

我翻着架子上挂的白木板,找自己的绘马。

……没有。

到处都找不到。

在那之后来过很多参拜的人吧。当初那个"非常感谢您"的绘马本来是标志物,但现在不仅找不到我的绘马,连那个也看不到了。

怎么办,那种东西要是给别人看到的话……还是说这里的工作人员已经看到了呢?要是已经处理掉就好,万一还留着的话……

恐惧让我的指尖彷徨。我迟疑地继续翻着绘马。

"啊!"

我叫出声来。我看见了"岸本晓仁""杀掉"这几个字。

我的绘马,太好了……还在!

猛地松了一口气,我几乎站都站不稳。我要把绘马从架子上拿下来。我伸手碰到红绳的时候，碰到了同时伸出来的不知道是谁的手指——涂着粉红色指甲油的漂亮手指。

心脏从嘴里跳出来就是这种感觉。

"对……对不起！"

我慌忙低下头道歉。怎么办，被看见了！

被人看见了。这个绘马上写的字。

我没有抬起头，在我颤抖的鼻尖，传来熟悉的香水味。

甜甜的香味，是香草。

我抬起视线——说不出话来。

"……西野小姐！"

朝同一块绘马伸出手的，是西野小姐。

总是笑容满面、开朗可爱的西野小姐，总是能巧妙应付组长接近性骚扰般的发言，两人关系似乎和睦的西野小姐。她仿佛戴着能剧面具一般毫无表情，定定地望着我。我也说不出话来，只能回望着她。

咔嗒、咔嗒。

突然间传来新的脚步声，我转头望向参道的方向。

不出所料，新的参拜者正急着走向这里——而且有两个人。

小林先生。井坂先生。

他们也都带着非常焦急的表情赶过来，看见我和西野小姐，立刻就面无表情，停下了脚步。我应该也是一样的脸色吧？像能剧面具一样，什么都没有。

我们远远地围成一个圈子，面对着彼此。

抬头望天。

果然是万里无云，蓝得令人目眩的晴空啊！

◆ 天花板的梁

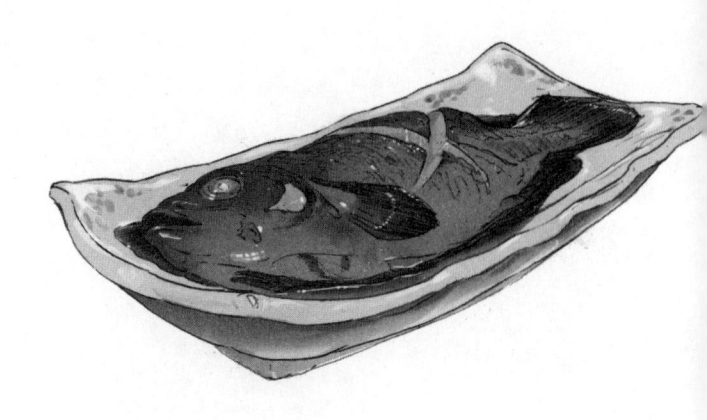

要是问我喜欢吃什么，我第一个想到的就是"煮鱼"。

从大学时代起，朋友们就说："太老派了！麻里子，这不是一般女孩子喜欢吃的东西吧！"我常常被大家嘲笑。但是，因为真的喜欢，所以也无可奈何。

我喜欢的不是单纯的煮鱼，而是特定的——是"妈妈做的红石斑煮鱼"。

我在四周被田地环绕的乡下长大，去东京上大学之前一直不知道，原来红石斑是一种很次等的替代品。红皮上有斑纹的鱼，皮下是胶质层和厚实的白肉，加上生姜的酱汁煮入味之后，用筷子夹起来，浓郁得还未入口就化开了。我从小就深信全国每个家庭都会理所当然地每天吃这道菜，所以起初大学研讨会的朋友问"那是什么？"的时候，我始终难以忘怀当时感受到的震惊。

而且无论到哪一家店都吃不到同样的味道。我觉得不光是鱼的种类问题。小时候我的筷子停不下来，问"妈妈煮的鱼，为什么这么好吃啊？"在田里忙作晒得微黑的妈妈便会笑着回答我：

"可能是做法的关系吧。小麻里，你也知道的，其实没有什么秘诀啊！对了，大概是加了很多重口味的酱油吧。"

我们是非常普通的农家，我上小学的时候，作为一家之主的爸爸去世了。在那之后母亲一手将我拉扯长大，真是难以回报的养育之恩。

记忆中的妈妈总是带着笑容。

"小麻里，你不是想做图书或者杂志相关的工作吗？绝对不要放弃！交给妈妈就好了。虽然我们家是这个样子，但还是有存款的哦！"

妈妈这么说时脸上仍旧带着笑容。我本来打算高中毕业就开始工作，但她让我去东京上了大学。

那天晚上吃的红石斑煮鱼，现在我还记得很清楚。本来应该是微甜的酱汁，不知道为什么尝起来很咸。"谢谢，谢谢"，我一边不断地说着，一边假装没有注意到顺着面颊流下的泪水，将泪水吃进嘴里。

到了东京，大学毕业后，我开始工作。我拼命努力过日子，不知不觉间就跟老家疏远了，我们彼此顾虑，断绝了联络。

但是，偶尔，我会非常想念那红石斑鱼的味道。

——在脆弱的时候，尤其如此。

我，获原麻里子，在东京某家出版社上班。

虽然不是什么大出版社，但出版一本颇为主流的时尚杂志，知道那本杂志的人应该不少。大概就是这种程度的规模。

顺便一提，我工作的部门不是社里招牌的时尚杂志，而是销量普通的美食杂志编辑部。

话虽如此，我不是正式员工，只是约聘人员，每年续约的时候都得提心吊胆。我大学毕业的时候刚好碰上所谓的"就业冰河期"[1]，所以能被约聘就不错了，就这样得过且过到现在，全是自作自受。总之平安无事度过的第二年，马上也要结束了。

然后——

"荻原小姐，这里，有点恶心呢。修改一下。"

"好的，铃木主任。"

我对着直接抵到我鼻尖的版面设计图，微笑着收下来。

我心里想着："有点恶心"是什么意思？

嗯……恶心啊！

铃木主任虽然常常对我这么说，但是我从来没办法确定这是什么意思。到底指的是哪个地方呢？装饰设计、文章、字体，还是照片？

这么一说，我想起来自己曾经问过"这是什么意思呢？"后，她无情地断然回答："这种事情大家都明白吧，恶心就是恶心啊！"

---

[1] 就业冰河期指的是1993年至2005年，受泡沫经济的影响，日本经济一度萎靡，导致应届大学生就业困难的时期。——编注

这个时候，通常都必须反复重做，直到她说"算了算了，就这样吧。再跟你说也是白搭"为止。一直反复重做，到最后干脆把最初的设计交出去，很不可思议地得到"哎哟，这不是还像点样子嘛。一开始拿出这个来不就好了"这种莫名其妙到让我目瞪口呆的回答，而且还不止一两次。

要是照着她的指示去做，就会被斥责："人家告诉你什么你就照做，你是狗吗？是个人就自己用脑袋想啊！"这样的话我就照自己的想法去做，然后就得到："谁说可以这么做的？连照着人家跟你说的那样去做都办不到，你进入社会工作几年了？"真让人无言以对。

对铃木主任而言，到底什么是"正确答案"，什么是"错误答案"呢？我想了许久，最后觉得一切都是"看今天她心情如何"来决定。话虽如此，她骂人的理由用完之后，就使出最后的绝招："你做的东西，感觉很恶心。"

我望着手上皱巴巴的版面设计图。刚才握着这张纸的那只手上斑驳的指甲油，像残像般印在我的视网膜上挥之不去。

但是，到现在，我早就已经习惯这种事了。

所以我以自己的方式对抗她"恶心"的魔法。不管她说什么，我都想着：反正就是这样。我的工作方式，永远跟她不合拍。反正就是这样。

我是她的属下，她是我的上司。只要她下令，我当然要听从。反正就是这样。

没事的，没事的。完全没问题。

因为，反正就是这样。

就这样，虽然难受也要挂着笑容。"就算硬撑着，也要嘴角上扬露出微笑，这样就能获得幸福。"这不知道是谁说的。

毫无根据又模糊不清的一句话，却是软弱无力的我的镇静药。

老实说——每次这样安慰自己的时候，我就感觉胸口深处有某种黑暗黏稠的东西蠢蠢欲动。勉强压抑下来，然后试图说服自己："没事，这没什么大不了。"这点自觉我还是有的。

我一边用这种想法来逃避现实，一边一言不发地微笑着。铃木主任故意用力叹气。

"真是的,因为你是约聘员工,所以就可以这么轻松?业绩这样恶化下去,受害的可是我们正式员工啊!请你守好自己的本分工作。"

是。业绩恶化的话,我跟主任这种正式员工不一样,是随时可以被解聘的,所以我当然非常努力。我忍下真心话,微笑着说:

"对不起,我会注意的。"

没关系,没关系,这种程度没事的。

现在这个世道,有工作就该偷笑了。

强行微笑让我眼皮直跳,耳根底下下巴的肌肉拉扯到有撕裂的感觉。

"那就这样,拜托啦。"铃木主任抛下这一句便去休息了。不料我却听到有人抱怨的声音——应该是完全没打算压低音量吧?

"喏,刚刚听到了吗?只说对不起,真丢脸啊!但是,真的很讨厌呢。不管人家说什么她都嘻嘻地笑。我们每天累得要死,她有想努力工作的意思吗……"

就是这样,就是这样。反正就是这样。

我又努力抑制着负面的情感,手上蓄了力。胸中像沸腾的锅盖一样咔嗒咔嗒地跳动，我挪开了视线。

*

铃木惠里香主任，是在这个部门待了很久的主管，也是"管家婆"一样的人物。

三十九岁，未婚。喜欢穿遮掩肥臀设计的长衫，浮肿眼睑下的眼睛，眼角微微上扬。

几乎没有化妆的脸上，像是临时起意涂上鲜艳粉红色的嘴唇十分突出，让人觉得那仿佛是别的生物一样。

第一次见面时，我有种"这人看着怎么有点凶相"的感觉，但立刻慌忙劝诫自己"不可以以貌取人"。没错，那只是一开始的印象。我现在稍微修正了看法，认为人的个性多少是可以从外表看出来的。

我只在电视剧里看过那种类似"大内总管"的言谈举止，所以这让刚进入公司的我不知所措。

比方说，在文章的草稿上写"这里修改一下"；我照着修改了，她又说："我还是不喜欢，用原来的吧。"把原来的稿子交上去，又"不知怎的"方针改变了，叫我从头来过。如此这般。

不是，这有点……是不是太过分了呢？

还有一点是我很介意的——一再修改的只有我一个人。我本来以为是因为我经验不足，所以在交出去之前会让前辈过目，但还是不行。不管是多小的地方，都能被挑出毛病来，然后说"这样根本不行"，再丢回来给我，每次都这样。我不禁怀疑：她是不是故意的啊？

我们公司没有加班费。准确地说，正式员工有加班费，约聘人员没有。但是要完成所有工作任务的话，当然是没办法在下班前完成的。能够准时下班的日子只有入职第一天。然后就是七点变成八点、八点变成九点……一直这样下来，不知何时变成了基本都得下班赶最后一班电车的程度。不，能回家可能还算是好的。

忍着这种工作永远都做不完的恶性循环，进公司还不到两个月，我就开始觉得自己撑不下去了。

当时我还相信能跟她沟通讲理，会试图跟铃木主任交涉："为什么呢？""要怎样改进呢？"

要是我有不足的地方，或是哪里出错的话，我很想改进，好不容易找到的工作，我当然希望自己能愉快一点。

然后也是在这个时候,我遭受了强烈的反击。

想忘也忘不了——某位美食家的特辑稿子,一直要我毫无意义地反复修改的时候。

稿子离校对截止只剩下三天。即便如此,她一再地说"总觉得有点恶心",让我不断修改,而且稿子还没有让接受采访的老师看过。印刷厂跟老师都打电话来关心了。焦躁无奈的我跟铃木主任哀告:"这样下去会来不及啊!"

接下来她的行动并不是反省自己的所作所为,而是把我叫到同一楼层里的小储藏室。我后来才知道,那里通常被称为"说教房间"。

"你给我差不多得了!你是约聘员工不是吗?!连照着人家教你的去做都办不到吗?!要是做的事情等于没做,那你明天就不用来了!"

房间门关着,主任横眉竖目大声怒吼。我有生以来第一次被人这样痛骂,而且还不是亲人。吓得我大气都不敢出。

被吓到之后,涌上喉间的"但是"都吐不出来了。

顺便一提，在那之后，有个用同情的眼神看着我的同事这样跟我说道：

"铃木主任啊，是会挑目标的。"

我茫然说不出话来。她再度解释。

"你运气不好啊。那个人会挑一个看起来比较好欺负，或者是立场比较弱的人，叫到说教房间里去发泄自己的压力。这是她的生存意义。或是上交工作的时候她不予理会，或是拿你跟别人比较，非常明显地对你不友善之类的。"

我倒抽一口气。因为她说的每一项我都经历过。

主任一切的言谈举止可能都是故意的，我承受的是无理的暴力；这些我竟然傻到从来没有考虑过。我为自己的天真感到羞愧。

但是，为什么这种公然欺压的行为可以被允许呢？对方好像看透了我的疑问，进一步解释给我听。

"铃木主任虽然性格上有些难相处的地方，但工作非常有效率，编辑经验也丰富。所以据说前任总编，以'基本上全权委任'为条件，特地从别的部门把她挖过来的。现任总编因为负责跟别的大杂志编辑部门的合作策划,通常都不在公司。因此主任继续一统江山,只要没有明显的业绩下滑,或者是犯错被惩戒,她做什么都没有人管。"

原来如此。我听完哑口无言。她拍了拍我的肩膀,笑着给我打气。

"现在她好像挑上了荻原小姐。但是没关系的,等她厌倦了,就会找别人当目标的,在那之前你就忍耐一下……"

安慰我的那位同事,几天之后就不在公司了。是被开除还是自己辞职的,并没有人告诉我。

但是也罢,反正就是这样。

工作不可能有轻松的。要积极,要积极。

朋友们常常说我是"悠闲的山羊"。用这样的态度应对,铃木主任的言谈举止就更加恶劣了。我每天都被叫到说教房间,在只有我跟她的狭小空间里被大声斥骂。

"这个策划非常重要,不是说了不管其他的工作优先做这个吗?你小学没学过要好好听别人说话吗?"

"什么?这么难看的字体……你的审美是怎么回事?听说你会设计所以才聘用你的,真是大错特错了。

这是诈骗啊，诈骗啊！"

……我只是偶然被她选中，等她腻了就会放过我。然而事实却正相反。主任的态度始终没有改变。在说教房间骂人，平常无视我，让我反复做同样的工作，开会通知故意不发给我，等等，各种阴险暗招层出不穷。

要是我态度坚决的话，事态不至于演变成这样。这我虽然明白，但如果她说："好吧，那你不用来了。"这样有麻烦的是我。要是辞掉这里的工作，我就无处可去了。因为……这是我好不容易找到的、"真的能做编辑工作的职场"啊！

而且要是妈妈知道我没了工作，一定会担心的。让她咬牙从乡下把我送进东京的大学，然后又留在东京不回去的，也是我。

啊啊，好想吃妈妈的煮鱼啊！

在那个瞬间，令人怀念的笑容从我脑海深处浮现。胸中不禁一阵酸楚。

要是回老家的话，妈妈一定满面笑容地欢迎我吧。

但是，要是现在回去的话。不，就算是打电话，只要听到那温柔的声音，我一定会想依赖她的。积郁已久的心会就此分崩离析，再也没办法重来。

这一定是我实现成长所必要的试炼。

就是，这点小事不算什么。

毕业之后，我去媒体相关和出版界等地方面试过一百多次，没有人聘我当正式员工，但我没办法放弃梦想，没有随便找个地方去上班，而是去了派遣约聘员工的公司登记。

但是，不管是哪里的公司都只是顶个编辑的名头，工作都是合约之外的杂务，我没办法待下去，就换了好几个地方。

然后在这家出版社，也已经是第二个冬天了。

对，第二年了，时间快要到了。一想到时间的问题，我果然又觉得心情沉重。

约聘员工因为法律规定，不能在同样的公司待超过三年。要是想继续留下来工作，就必须转成正式员工。只不过，我们出版社几年以前就停止雇用新人，改为将已经有实际经验的派遣员工转为正式人员。不管好还是不好，早则下一次年底更新，晚则再过一年左右，我的命运就决定了。

在这个编辑部，铃木主任最有发言权。要是想待在这里，就不能忤逆她。她是我的直属上司，也就是说——对我而言，她的命令就代表公司。

只要忍耐一下就好了，忍到主任更换目标就好。

只要熬过去就好——在确定我能否在这家公司转正之前。

就是这样，一切都是为我将来的幸福做准备。只要这样想就好。

不管被骂的原因有多离谱，每次都好好找到理由，下次灵活应变就好。只要活下去，就能前进到下一个阶段。只要活着，就有好事发生。所以，没问题。没事的。对，一定，只要，再一会儿……

……真的吗？

然而，突然之间，一个不注意——好像开关一样。现在我活在这里的这个事实，会让我有想要放弃的瞬间。

做人，是必须这么努力、这么辛苦才能活下去吗？我会这么想。

如果是这样的话，那就不要努力了吧？之类的想法。

明明不应该这样想的。

我轻轻摇头，按着椅子站起来，低矮的天花板好像要压在我头上似的。这间办公室是有点年代的大楼重新装修的，入口大厅是古旧的大理石，外面有狮头造型的饮水处——现在已经没有水了——看起来就很有历史感。

这个天花板好像也是特征之一。而且为了安排电脑管线等，还把地板架高了。觉得很稀奇很有趣的同时，我也有种喘不过气来的压迫感。可能是通风不好，办公室里很闷还有霉味，呼吸的时候觉得气管跟肺都要堵住了。

"这样您觉得如何？"

我抛开跟业务无关的杂念，重振精神，把修改的文稿交给铃木主任。她的座位在我隔壁的隔壁，是并排桌位的最前端。从那里小组所有成员都一览无余，方便她监视。

铃木主任好像什么都没听到一样，不仅没回答，甚至连眼神都没离开过电脑屏幕。这种时候，我只能默默地等待。以前等得不耐烦一再叫过她，结果被叫到说教房间大骂："吵死了！！都是你害我好不容易想到的文案点子都没了！"我学到了教训。

等待。像在雨中等待主人指示的狗一样。希望她能够厌倦浑身湿透的狗在旁边一直蹲着，随便扔点狗粮。我只默默地站着。

我大气都不出地站了一会儿，铃木主任终于望过来，深深叹了一口气，从我手中扯过排版图。

"其实还是挺恶心的……但就这样吧。反正怎么说你也改不好的。让采访对象确认吧。"

"好的。"

我微笑点头。

这个人，不管你交出怎样的稿子，怎样修改，她也绝对不会说"这样比较好"。到目前为止我得到的最大的称赞就是："哦，这也算合乎策划的方向了。"

老实说，那个时候我的动力已经被消磨得差不多了，但是我心想：上司指出我做得不好的地方，应该要感谢她才对……我是不是真的做得不好，上司挑的毛病常常很奇怪，这暂且不论。反正要是不这么想的话，根本干不下去。

"还有，那个活动参加者的资料输入了吗？不是说了做完之后立刻放进云端共享档案夹里吗？"

"啊，那个。"

我之前就注意到了，这不在合约的工作范围之内……但我什么都没说。这也不是第一家这么要求的公司。而且如果这么说了，肯定会出现一击必杀的致命武器："那你明天开始就不用来上班了。"所以我不说话。

"我今天会做完。"

我点点头。想继续在这里工作，就不能露出不满的样子，得识时务才行。微笑微笑再微笑。

勉强的笑，让我觉得面颊好像要抽筋了。

"只不过是输入资料而已，要花多少时间啊？虽然不是拿你的出身来说事，但这里是东京，用乡下乌龟的速度做事会造成大家的困扰。"

"好的。"

"凭你这样还想当正式员工，真是笑死人了。"

"……是。"

能有工作就该偷笑了。只要能做想做的工作，就好了。

我在心里拼命默念，极力压下胸口深处不安的违和感。我尽量装作什么都没看见。

"荻原小姐，你没事吧？"

坐在我旁边的女同事——森前辈担心地问我。前辈烫过的头发绑在脸侧，戴着黑框眼镜，她从我来公司之后就很照顾我。

"不要太勉强哦。本来处理跟个人情报有关的资料，就不是荻原小姐的工作啊……这应该是松尾的业务范围才对！为什么要推给荻原小姐，真是搞不懂。寄来的明信片数量太多了，一个人处理不完！"

她趁着铃木主任不在位子上的空当，悄悄在我耳边说道。

"荻原小姐一直都是主任锁定的目标，但是也已经很久了啊……那个人，只要是比自己年轻的，全部都当成敌人。要是对方还可爱的话，那更是苦大仇深不共戴天了。公私不分非常过分。这给我一半吧，我帮你。"

森前辈温暖的关怀，安抚了我受伤的心灵。

"多谢您，我没事的。"

其实我真的很想依赖别人，但她的桌子上堆着比我多出将近一倍的工作。森前辈虽然是有多年经验的前辈，但她不仅是约聘员工，手头上还接其他出版社的外包工作，加班也没有加班费，要是帮了我的忙，说不定也会被铃木主任盯上。

所以我没事的。完全没事，一点也不辛苦。不如说不应该让好心的同事替我操心。

加油吧，不加油不行。

虽然心里这么想，但最近我每天有了固定的习惯。

我会突然看着上方——准确地说是天花板，一直盯着看。

办公室的天花板是水泥的。好像是对一位有名的建筑师致敬的设计，重新翻修的时候，说有可能是以"外表虽然有年代感，但内部是近未来风"的设计思路设计的。灰色的平面上有着不透明的深灰色管线，其中有一条特别明显的粗大梁柱。

梁柱就在铃木主任座位的正上方。不仅如此，在头顶上还打进一个看起来很结实的大钩子。钩子的尖端有点生锈，就算吊着很重的东西，应该也毫无问题。

这要是用来挂时钟或海报的话，位置有点不太对，到底是谁为了什么安装这样的钩子，让人完全摸不着头脑，也有可能是在重新装修之前就有的。

为什么一直盯着它看呢？在看着的瞬间，其实我的脑中闪过了一个念头——虽然原本的用途可能并不是要挂上什么东西就是了——用来上吊的话，倒是非常适合呢。

　　　　　　　　＊

要是在那里上吊，会怎么样呢？

想到这里，我立刻回过神来，吓了一大跳。

笨蛋，笨蛋，我在胡思乱想什么啊！我焦躁起来。

没想到，会有想这种事情的一天……自己都被吓到了。

那时我安慰自己只是一时多心。

比方说，从高楼往下看，会突然想到"要是掉下去会怎样？"之类的，或是电车开进月台的时候，觉得"现在跳下去如何？"这样的诱惑一样。只是毫无来由的一时的"鬼迷心窍"罢了。

但是，一旦说出来，"要是在那里上吊"，最后就变成了"想试着在那里上吊看看"。

这种吓人的愿望，是什么时候在我心里生根的呢？

成为契机的那件事，我想忘也忘不了。

*

事情要从一年多前说起。

那是自己提出的连载策划，第一次能够联合署名的时候。

内容是顺应季节轮番介绍全国乡土料理的特集专栏。标题是"日本乡土料理，踏遍全国各地"。我非常想做这个策划。

这个点子来自妈妈的红石斑煮鱼。大学时朋友问："红石斑煮鱼？从来没听过。"那时我很震惊。但反过来一想，这不正是让大家知道的好机会吗？大家是同胞，有着共同的语言，却有人不知道那么好吃的东西，实在是太可惜了！这么一想，我就坐立难安。

话虽如此，但和投注在策划上的心血和坚持相反，提案八成很难通过。我本来是要放弃的。因为铃木主任喜欢的是名厨的私藏食谱集这种华丽的内容,加之我还是她针对的目标。当时本来我就算有自己的连载策划也不奇怪的,但总是被派去当别人的助手,每次交上策划书,就只能听到"这种浅薄的玩意只是浪费纸张而已"的反馈,连看都不看一眼就被扔到垃圾桶里。

"这个,可以做哦。"

但是,那个时候不一样。后来我才知道原来是热门连载的法国餐厅主厨没办法交稿,所以版面上开了一个天窗而已。

"老实说,这么土气又穷酸的特集,应该是不合我们杂志名流高层的主妇读者群的胃口的,但现在也顾不了那么多了。"

"……好的!非常感谢您!!"

虽然不是放手让我去做,但自己提出的连载策划第一次通过,实在让我无比开心。而且主任那时候好像心情很好,还说了这样的话:

"如果进展顺利能够长期连载的话,或许你可以转为正式员工。"

那个瞬间,我的心脏怦怦地跳了起来。

正式员工?这是我做梦也没想到的。因为我年纪已经不小了,况且一直都是约聘员工,每个年度结束时都担心被辞退,近三年提心吊胆的生活终于可以结束了。我和铃木主任之间的关系确实让人在意,但能做想做的工作就已经非常幸运了。这一点我有深切的体会。

同时我也对铃木主任的性格有了一点改观。

我一直以为她故意挑我毛病,但可能她还挺通情达理的?在此之前,她的各种无理要求,可能只是要锻炼不成熟的我,同时也是为了守护她工作了这么多年的杂志而已?……我这么想着。

我脸上泛起喜悦的红晕。这时,铃木主任把策划书又塞给我,将我拉回现实。

"只是或许而已。"

然而——

幸好这个策划超乎铃木主任的预料,读者问卷调查深获好评。此外,有名的美食家在自己的博客上也对这个策划提了一嘴,在杂志中也广受瞩目。

特别是,我一个人写的稿子因为受欢迎,所以越来越受到重视，甚至让我负责在编辑部召开讨论会议。

这第一次的成功，让我对在这家公司的未来充满了希望。

时间进入四月，在这里度过的第一年结束的时候，我的约聘合同更新了，这让我更加期待。

照这样顺利进行下去，可能就跟主任说的一样，能够让我转正也说不定……不如说，第二年也继续雇用我，等到第三年的时候，可能就不是更新约聘合同，而是正式雇用我。

铃木主任仍旧对我很坏，当然我不是不难受，但没有以前那样觉得走投无路了。

就在我觉得一帆风顺，前途一片光明的时候。

樱花凋谢，到了杜鹃盛开的季节。

顺风变成逆风是在大约半年前，绣球花开始枯萎的时候。

"荻原小姐，你以后不用出席这个专栏的会议了。"

"咦？"我跟平常一样把下一集的草案交给铃木主任的时候，她这么跟我说。我睁大了眼睛。不用说，她讲的是"日本乡土料理，踏遍全国各地"这个策划。突如其来的这句话，让我不知所措，我充满了惊愕和疑问。

"可……可是这个专栏策划，是我想出来的……"

"这个啊，一开始是。但是呢，已经发展得很成熟了。我作为主任决定了就是这样，别再让我多说了。你在这里已经干了多久啊？"

话虽如此，但这个专栏是特别的。是我特别费心费力做出来的啊！

预算少得可怜，特别还要跟其他工作一起进行，所以时间也根本不够。试吃费用、旅费和研究费也几乎都是自掏腰包，我还利用休假日到乡下去采访，那段时间生活十分拮据。这个策划专栏对我如此重要，真的，非常重要……

"那这个专栏就这样了。叫什么来着，'全国各种乡土料理'。你回自己位子上去吧。"

她连标题都搞错了。显然稿子内容什么的更加无所谓。事情突然变成这样，我顿时说不出话来。突然间，仿佛有又咸又甜的煮鱼香味飘过鼻尖。

我希望我的专栏不要被抢走。

我得守住才行。这个一定要守住。我心中那温暖又贵重的结晶，请不要抢走。拜托了。

"那个……！"

我紧张得心怦怦跳。我鼓起勇气，想把哽在喉间的抗议设法吐出来的瞬间。

"这个明天开始就交给松尾先生了。喏？"

主任从我手里抢过专栏草案，轻轻一笑，然后瞥了坐在斜对面的松尾先生一眼。

"……咦？"

三十四五岁的松尾先生被主任提及，抬头对她一笑，微微点头说："好的。"同时还对我挥手："那就这样，拜托啦。"

松尾先生跟我不一样，他是正式员工，是个喜欢室内五人足球的运动型男人。他有家室，但最近好像跟太太处得不好。铃木主任知道这件事，所以口红涂得更厚，睫毛膏刷得更猛，平常穿的套衫上有了装饰品，还跟松尾先生眉来眼去的。铃木主任的各种示意，松尾先生也颇为配合，这是编辑部里大家都传遍了的事情。

我并不清楚他们之间的关系有没有进展到出轨的

地步，松尾先生八成也是为了自身的利益，利用着对男人饥渴的铃木主任吧。其他的同事也都是这么想的。这种常见的"只有本人被蒙在鼓里"的情况，我在那个瞬间不知怎的才"啊，原来如此"地醒悟过来。

突然间——我死命挤出来的那一点勇气，就像受伤的葡萄一样，变成一摊烂泥坠落在地。欲脱口而出的抗议连声带都没振动一下，就这样消失了。

因为反正是没有用的。

铃木主任想让同她"关系亲密"的松尾先生立功，顺便赢得松尾先生对自己的好感。

然后她选择的手段是夺走我的工作。

把我已经累积了一定人气的专栏，趁热转交给松尾先生，这样铃木主任跟松尾先生的交集增加了，他也会对主任感恩戴德，一石二鸟。应该是这么打算的吧？

哇哦。

胃食道逆流般的灼热感，像黏腻油滑的肥肉一样挥之不去。无法言喻的无力感淹没了我。

妈妈的声音。又甜又咸、怀念的煮鱼滋味。

以及拼命调查找寻的罕见的乡土料理。

得知正月的时候有人在杂炊里放红豆麻糬的时候，我的心里很激动；除了网络跟书籍之外，还去聚集地方料理直营专卖店的地区购买材料；要写稿子的时候就直接去当地采访——

这一切的一切，都被那双指甲油剥落的手捏碎了。

"虽然荻原小姐难得负责了新连载，但你根本不能按时完成任务啊！我这不是替你减轻了最大的负担吗？你反而应该感谢我才是。"

铃木主任再度说道……她凭什么这么说啊？不能按时完成，不是因为你把根本不该由我负责的资料给我处理，还把应该外包的设计业务都丢给我吗？

开什么玩笑啊？

这是怎么回事啊？

要是能说出来就好了。

因为我不能被感情控制而大喊大叫。我已经不是孩子了，也积累了社会经验。我够成熟，知道公司和职场需要的是好用的员工，如今也已经是第二年的约聘员工了。第二年到第三年的时候，为了不磨灭那万分之一的可能，现在、现在、现在，一定要忍耐。

已经比小指尖还细的希望火焰，虽然温暖，却毫不留情地变成了不定时炸弹，堵住了退路。

"……我知道了。"

我露出微笑。

我只能微笑。面颊似乎要痉挛起来，嘴唇和舌头都颤抖发麻，然而我必须得笑。

一边笑，我一边想着：

啊，真想死啊！

我想死。

"那就这样吧！我可是很忙呢。这件事就这样了哦？明白了的话，就不要在这里拖拖拉拉地浪费时间。你也没什么闲空，趁早开始其他工作吧！"

我望着铃木主任涂着鲜艳口红的嘴唇像红色的蚯蚓一样不断嚅动，感到一阵冲动像闪光一样蹿过脊梁。

这个女人的……

铃木的办公桌上方的，那根梁柱上的钩子。

要是在那里上吊，会怎么样呢？

"小麻里。"

妈妈的声音，非常艰辛地帮忙压抑住我胸中沸腾的黑暗冲动。

然而沸腾到边缘的东西，就算极力压下，仍旧好像要滴滴答答地满溢出来。

*

在铃木主任的座位上方，上吊自杀。

这个念头一旦浮现，只要有点什么状况，就会不停地反复出现。

特别是自从负责人换成松尾先生之后，杂志的读者问卷调查中"日本乡土料理，踏遍全国各地"的人气立刻下降了。看见"文章和内容都很粗糙""采访太浅薄，感觉稿子的热情没了"之类的读者反馈时——虽然真的有点不道德，但我很开心。这表示真的有人在认真地看我的专栏。

铃木主任仿佛看穿了我不怀好意的喜悦，对我的态度越来越恶劣。我每天都在说教房间里一边听她怒吼，一边极力逃避现实。

"荻原小姐，你昨天因为生理痛早退了，那不是生病是娇气,知道吗?生理痛只要是女人就都会有啊!"

"您说得对,非常抱歉。"

想到死的时候,我的头脑就会特别冷静,在无理的斥责中都能觉得心情非常平稳。

要是死了的话,可以怎么样呢?

比方说,把写着"都是你的错"这种充满怨恨的遗书,用复印机印一堆,撒在办公室的地板上。

"太慢了!荻原小姐,你连这种事都不能快点做好吗?!"

"好的,非常抱歉。"

然后就是,什么时候死比较好呢?

要是有人阻止的话就没法成功。那就一大早比任何人都早来办公室。要不然就是深夜,在空无一人的昏暗空间从容地进行吧。

"荻原小姐,这种花荷叶裙,晃来晃去的很难看哦。不要穿轻浮的衣服来公司可以吗?还有,就算是透明的,涂指甲油也不行。办公室可不是相亲的场所。"

"好的,我会注意。"

我搜索过应该怎样上吊。能够承担一个人重量的结实的绳索，以及套在脖子上也解不开的绳结打法。

用大拇指滑过手机的画面，我觉得堵在气管里的东西似乎不见了，呼吸稍微轻松了一些，就像吃药一样。这也没错。因为，死亡就是灵药。不管是什么病痛，不管有怎样的烦恼，最切实的解决方法，就只有一死。

之前为了"日本乡土料理，踏遍全国各地"，手机上搜索的乡土料理记录，不知何时都被"上吊自杀""尸体""污秽""没有痛苦""自杀方法"等词语所取代。发觉自己拼命吸收不知不觉间搜索的这些情报时，我感到万分绝望。关于上吊自杀，我应该比公司里任何人都要了解了。另一方面，现实中的我一心只想死，然而却不实行，只能唯唯诺诺地在铃木主任的淫威下苟延残喘。

"荻原小姐，我已经说过多少次了，不要露出这么疲倦的样子出席会议可以吗？还有衣服不要这么皱，太丢脸了。你要这样混到什么时候？有名的料理研究家跟主厨都会来办公室的。那么重要的客人来的时候，让人家看见你这种不像话的样子，连我们都抬不起头来了好吗？"

"非常抱歉。"

……要是死掉的话，会怎么样呢？

　　说有死后的世界，灵魂不灭什么的，这我是不相信的。所以我死了之后，这个没有我的世界上，只剩下我的空壳了吧？

　　那个空壳，要是送进火葬场，立刻就会变成骨灰吧？这样的话，既然最后都是要改变的，那就尽量变成惨不忍睹，让人无法正视的吓人的尸体比较好。

　　不知道是从哪里得知的，据说上吊自杀的尸体会特别污秽。我调查了一下，那是因为死了之后全身的肌肉都松弛了，所以身体里的东西都会流出来。也就是说，遗体毫无例外是肮脏的。要是死在医院里，遗体没那么令人厌恶的话，多半是事前把出口堵塞住，花了一些功夫所致。

　　只不过，打心底想死的时候，就不是随便说说的自杀，能确保死亡概率最高的，好像就是上吊。我好像听过有人割腕自杀没死成，但没听过上吊自杀者还能被救活的。

　　但要是上吊没有死，也会留下严重的后遗症。所以如果实行的话一定要成功，非得慎重不可。

仔细地东想西想，继续搜索的时候，摸着手机的指尖突然碰到了光滑的布料。

我把手机翻过来，看到塑料手机壳上面朱红色的护身符。能够放在手上的传统的平坦小护身符上面，用金线刺绣着"除厄"两个大字。

我用手指抚摸着丝绸的表面，想起得到这个护身符时的情景。

大学入学考试的前一天，我和妈妈一起来到东京，到住处附近的神社参拜。那是一个名不见经传，但据说能切断孽缘的小神社。

妈妈几乎没有离开过生长的地方，所以被东京这个大都会吓到了。当然，我也不好说别人。

妈妈担心我一个人在东京生活，为了防止我碰见变态、小偷或流氓，买了这个除厄的护身符给我。据说护身符的有效期限是一年，但我没有拿回去，仍旧贴在手机背面。

非常担心我在住不习惯的大都市遭遇变故的妈妈。为了我不惜粉身碎骨，尽全力将我养大的妈妈。

之前我试着跟她说过编辑的工作内容，她笑着说听起来好难完全不懂，但心里应该是相信我终于在东京实现了梦想吧。

要是我死了，妈妈一定会非常难过的。

不是一定，是绝对会。

这样劝说自己的声音，随着时日过去越来越小声。这也就是说，我的心态也日渐崩坏。我没法不这么想。就这样衰败下去，零件纷纷掉落，最后分崩离析的话，那个时候，我会变成什么样子呢？

"还有，这里。挺恶心的，重做。"

"我知道了。"

我梦想着。

我死了之后，留下来的躯壳是什么样子。

黑红的颜色，爆出来的眼珠子，无力的四肢。从口中溢出的呕吐物。衣服被失禁弄脏，布料无法完全吸收，滴滴答答地往下落。

办公室满是难以形容的尸臭，嗡嗡作响的大群苍蝇。流下来的排泄物，一定会把铃木主任的办公桌、文件、私人物品和电脑搞得一塌糊涂吧。

看到这幅景象，加上满地的遗书，应该会有好一阵子吃不下饭了。

自己做了多么残酷的事情。就算是她,也会多少反省一下吧……

*

那天早上,跟平常没有任何区别。

我到了公司,瞥向办公室最里面,不禁眨了眨眼睛。平常都空着的大办公桌后,坐着总编辑。

在别的——而且是在我们出版社主力时尚杂志的姊妹杂志兼任的总编辑,很少在这里露面。我几乎没跟他说过话,他年过五十,脸上带着慈祥的笑容,看到我的时候总是亲切地叫我"小荻原",我对他的印象是觉得他不是坏人。虽然以忙碌为由,让铃木主任为所欲为的人就是他。

即便如此,他的出现也很稀奇。是有什么特别的大事吗……我想了一会儿,原来如此。我想起来了。

这个周末,我们杂志要主办一场大型的料理活动。慌忙举办的活动要订会场,还要跟前来示范菜色的主厨协调、募集试吃区的参加者等，同时还要进行平常的工作，十万火急地准备，总算设法安排得差不多了。

五天之后活动就要举行了，当天要分发的小册已经印好，必须事前申请的参加料理教室的人员抽选结果也都已经发送了通知。现在只要等活动开始就好。

话虽如此，那只是我负责的部分，编辑部其他的员工必须商讨会场相关的各种繁杂事务，今天几乎全体都出去了。我也因为必须搬运相关资料和准备其他工作，而必须在活动前一天就去。

总编辑应该是来跟铃木主任最后确认当天的行程表吧。我这么猜想，心想应该要先去问好，便走到他的办公桌前。

"总编辑，早安。"

本来在阅读资料的总编辑听到我的声音，抬起头来应了一声。

"早安啊小荻原！我听说了。谢谢你啊！听说你出钱设计、印刷了料理教室活动当天现场分发的小册？"

"……咦？"

"这次活动，预算本来就不多，能够节省真是帮了大忙了！"

"活动……当天分发小册的……设计和印刷……吗？"

这是，在说什么？

我做梦也没想到会听到这种话，只好眨着眼睛。

"咦？不是吗？本来应该是外包处理的，我听说是小荻原自己说'我很擅长设计的软件，请让我来做'。是这样的吧？"

最后的那句话，总编辑探出身子，好像是在跟什么人确认一样。

我战战兢兢地转过身——他看的是铃木主任。

"是啊，总编辑……荻原小姐，现在你还说什么呢？不是这样的吗？一开始就是你自告奋勇的啊！"

铃木主任接着总编辑的话，死命瞪着我用力点头。

"难道你现在要说你没办法做吗？"

"等……等一下，这件事我完全没听说过啊！"

我慌忙地说。

真的，简直是晴天霹雳。

"欸？因为铃木说——"

"啊？你在说什么啊？"

铃木主任好像想阻止皱着眉头的总编辑继续说下去，不快地扭曲着面孔。红色的嘴唇嘴角下撇。

"云端硬盘里你的工作档案夹可是有工作资料啊，你不会要说你没确认过吧？"

我慌忙回到自己的座位上，站着就把电脑打开了。我开启铃木主任会把杂务丢给我处理的云端硬盘档案夹。我点击桌面上的档案夹捷径，里面真的有一个新的压缩档案……真奇怪，我总是每隔几个小时都会检查一下，昨天并没有这个档案。

压缩档案里面，是要在周末活动上演讲的主厨和料理研究家们写的小册内容。此外还有一个应该是铃木主任写的指示档案，"要在活动三天前，做出最符合当天的主题和各位讲师形象的设计，然后印制成系列风格的小册"。指定的印刷数量也大增。

而且，当天的讲师，从日本料理师、法国厨师、西洋甜点师到家庭料理师，总共有八人。他们送来的介绍资料的草稿、保存形式和撰写方式都不同，照片也多得数都数不清，总共有将近一百页。

这是什么啊？

我不知道。第一次看见。

活动三天之前，也就是说大后天要能定稿送印刷厂印刷的话，明天早上必须完成设计把资料交出去才行。我确实会使用设计软件，主任偶尔也会叫我做这些杂务，但我绝对不是专业的设计人员，能使用的素材也少得可怜。

这种分量，不外包，要自己做？——这是不可能的啊！

突然之间我感觉血液从脑袋流到心脏，不禁开始摇头。

"我……我……真的，不知道这件事……！"

我面色苍白，轮流看着总编辑和铃木主任。

"哎哟，铃木……这样没问题吗……？"

总编辑露出惊讶的样子，皱着眉头问道。就在此时，旁边有个声音说："不是，没错的。"我吓了一大跳。

那是松尾先生。现在唯一在场的就是他。他坐在椅子上，靠着椅背，手肘撑在桌上，只有上半身转向这里，嘴角上挂着微笑。

"我看见了,是铃木主任拜托荻原小姐的。应该说,本来一开始是打算外包出去,荻原小姐阻止了主任,自己说'外包出去浪费经费,我来做吧。一定可以做得跟专业人士一样好,请期待我的作品!'当时不是很有自信的吗?"

"……什……什么?"

"就算你糊涂忘记了,但要说完全不知道,也未免太不负责任了吧?"

什么啊?这是?这是怎么回事?搞什么啊?

这是在说什么?为什么会变成这样?

我望向自己小组成员的位置求援,对了,今天大家都不在啊。没有半个人能帮我。

一瞬间我以为真的是自己发狂了,忘记了自己说过的话。但是无论我怎么想,还是想不起自己做过这种事情。

要是非要有个解释的话……我只能想出个大概。

铃木主任跟松尾先生联手,为了陷害我,故意把来不及完成的工作甩给我。

不,不应该是这样的。主任也是在社会上摸爬打滚的人，就算她再怎么公私不分，也应该很以工作为傲吧。不至于做到这个地步。况且也只是因为讨厌我而已。但是从现况看来，事情就是这样。但是，怎么会这样？

不管怎么说，这都是谎话，一定是哪里搞错了。怎么可能这样，我不愿意相信这么纯粹且明显的恶意竟然真的是针对我的。

无处发泄的思绪在脑中回旋，我有话要说却如鲠在喉，发不出声音。胃缩成一团，嘴里泛出酸味。我紧紧握住出汗的拳头。

总编辑、铃木主任和松尾先生三个人的视线全部集中在我身上，我感到头晕目眩。

打破沉默的是铃木主任。她用像猫叫一样的声音向总编辑征求许可。

"总编辑，松尾先生都这么说了。可能我跟荻原小姐，对工作进行的方式理解得不一样吧……我会尽量想办法的，请您继续接下来的工作吧。"

"啊，嗯嗯。那样也可以……"

"那就这样了。荻原小姐，过来一下好吗？"

她抬着下巴朝说教房间示意。我不由得吞咽了一下。

她望着我的样子让人觉得非常难受。被蛇盯上的青蛙,说的就是现在的我吧。

*

"荻原小姐?!你到底是怎么回事!!"

说教房间门在我身后关上的瞬间,看见愤怒得满面通红的铃木主任,我脑中浮现的第一个念头就是:好像某家的面包超人啊。

我都觉得自己有点太过冷静了,真是没办法。

"是你提出要做的,到现在连一点进展都没有,这是怎么回事?!当天分发的小册来不及做好的话,要怎么办呢?这样会给老师们带来多少麻烦你知道吗?!这可不是把你开除就能解决的问题!"

"但是……因为……我真的不知道啊……"

我忍不住用蚊子一样的声音反驳。

"这怎么可能?!你听到松尾先生说的话了吧?!如果说你不是自告奋勇的话,就拿出证据来啊?!"

她立刻大声驳斥,我垂下眼睑,只能嗫嗫嚅嚅地说:"那……那是……"

怎么可能会有什么证据啊!太过分了。简直就是恶魔的证明。

"不要跟小朋友一样推三阻四,快点把设计图做好,然后去印刷厂拜托人家在大后天之前印出来!听到了吗?!"

我一边承受着没头没脑的斥责,一边在心里忍不住萌生怀疑。

铃木主任……是不是今天早上,在我来上班之前,才把工作档案传到我那里的?趁着今天没有任何人能帮我忙的时候,跟松尾先生串通好,故意在总编辑面前陷害我?

我将几乎要脱口而出的疑问咽回喉咙深处,只是因为还怀着"就算这个人一直这样,应该也不至于用如此幼稚的霸凌方式危害到公司业务"的理性,以及"迈向正式员工之路"这个跟诅咒一般的希望。

因为,如果我现在反抗,但到头来是我搞错的话呢?我最近确实太过疲倦,没法否认脑袋不是很灵活。

我越来越迷糊了。因为主任竟然能够这么理直气壮地对着我大呼小叫。没有任何根据，还能信口雌黄到这个地步。还有松尾先生的证言。出错的难道是我的记忆，主任说的才是对的？

我已经没有力气，也没有自信判断到底什么才是真相了。

如果是我在不知不觉之间，跟别的事情搞混了，答应要负责这个任务呢？全都是我的错，并不是他们在霸凌我呢？这样的话我这个人的人品就很有问题，对上司抱着不逊的怀疑，之前所有的忍耐都化为泡影了。

即便如此，我并不是承认了。"非常抱歉"这句话，我无论如何都说不出口。握紧的拳头，像枯萎了一般渐渐无力。翻来覆去都是同一套的说教持续了一个小时之久。

"什么，你还看时间啊？你觉得自己有这种权利吗？"

我瞥向墙上的时钟好几次，立刻被铃木主任瞪了。

"……那个，能不能现在外包找人做呢？我一个人，要在明天早上完成实在有些困难。但是如果多找几个人设计的话……"

我慌忙说道。话说出口,我才发觉自己到头来还是没有否认她说的话。

"不要回嘴!!"

她突然之间发出像是要把脑袋劈开的怒吼,让我不由得缩了缩脖子。

"出错的是你!因为你,我们所有的安排都乱套了!预算已经够少了,外包的钱要从哪里来?!我还得替你这个约聘员工擦屁股?别再让我丢脸了!!"

"呜……"

我觉得耳膜震得嗡嗡响,被她的气势压得说不出话来。

"给我们添了这么多麻烦,连'非常抱歉'都不说一句吗?!你这个人真的一点常识都没有啊……你犯的错,我会好好跟上面报告的。偶然在场的总编辑,听到刚才的话应该也已经知道是什么情况了。"

……偶然啊。真的吗?而不是故意找他来的?

像暴风雨一般迎面袭来的斥责,让事态自动恶化到不可收拾的地步。我的情感已经超过了负荷,出了差错。

我的嘴唇无法克制地扭曲起来。

这是错误之举。

"你笑什么笑！你没有权利笑吧？！"

哐当，铃木主任打了置物架一下。文件和档案纷纷散落地面，我惊讶地倒抽一口气。

啪地响起刺耳的声音。接着我的面颊火辣辣地痛起来。

她扇了我一巴掌。

我茫然地用手捂住渐渐肿起来的地方。

连我爸妈都没有打过我。比起疼痛我更觉得震惊。

"啊，不……不是的……"

"什么不是？你给大家惹了这么多麻烦，还好意思笑？！"

我知道要反驳是不可能的了。面颊可能是被她的指甲刮到，开始觉得刺痛。要是继续辩解下去，恐怕她还会动手打我。

"……我知道了。"

"哼，已经没有时间了，一开始就说'我知道了，我会赶紧做的'不就好了吗？"

铃木主任啐了一句,耸着肩膀走出了说教房间。

我束手无策地目送着她的背影。我放弃了挣扎,浑身无力。无奈和无助的感觉让我站都站不稳了。

今晚要熬通宵了吧。

但是,就算通宵,来得及吗……

"啊,真是受不了了。之前就觉得这个孩子不能做事,没想到竟然这么糟糕,而且刚才我说她的时候,她还笑了,真是恶心呢!干吗要雇用这种人啊!下次换约的时候绝对不续约了,我得跟人事部门说清楚才行!!"

铃木主任刚一离开说教房间,果不其然就开始破口大骂。她可能是对着松尾先生说的吧?不管是谁,都无所谓了。总编辑可能已经回去了,已经不在办公室里。

从她抱怨的内容,就知道我"第三年合约更新"的希望已经荡然无存。什么啊,结果不管我忍耐还是不忍耐,根本没有差别不是吗?

我朝自己的座位蹒跚走去,在心里不断念着魔法的咒语。

没办法。

就是这样。

就是这样就是这样就是这样。就是这样。

"刚才你看见了吧？一直都是那个德行。非但不反省，还摆出一副自己才是受害者的样子。真是难以置信。给大家惹了那么大的麻烦，还能若无其事地待在这里。"

充满恶意的声音根本就是故意让我听见的。我头也不抬假装没听见，她就明确地对着我叫道："荻原小姐！"

"你明白吧？这是你的错，要是没办法补救的话会变成什么样子。"

"……知道了。"

她刻意警告，我只能点点头。涨痛的面颊还在发热。

*

在无人的阴暗办公室里，电脑青白的光线映照在我脸上。办公室熄灯之后，我连重新开灯的力气都没有，在关机的各台电脑中，只有我的屏幕还是亮着的。黑暗中渗出的蓝光刺激着我的视网膜。

在没有空调的闷热的室内,我心想真奇怪,应该已经是变凉的季节了。这么说来冬天已经过了一半啊。街上已经开始挂起彩色的灯饰。我发现自己已经无心顾及季节的各种特色。

自去年春天进入这家出版社,我已经忍耐将近两年了。

——我没有得到任何回报。努力全部都是独角戏,我的希望都是幻想。我相信只要以高处为目标就一定会有成果而拼命努力,然而梯子却被人撤走了。即便如此,我现在仍旧在这里……我到底在做什么啊?

自己的手指咔嗒咔嗒咔嗒地点着鼠标的声音,微弱地反抗着孤独的寂静。打印机仿佛施以援手一般,嗡嗡地在空气中振动。

即便如此我还是做不完。数量实在太庞大了,实在不知道该怎么办。首先用手上有的东西找寻免费的素材的形象、彰显重点、均衡地配上照片……从零开始努力地做,但天晓得什么时候才能结束,时间已经非常晚了……

今天晚上一定要熬通宵了,明天早上能完成吗?

——当然，其他员工早就已经回家了。

　　我甩甩头，默默地继续埋头工作。

　　我垂下视线，看见盖在膝盖上淡粉红色的喇叭花裙。哎哟，我穿着这个啊。我都没注意到。我很喜欢这件衣服，但之前铃木主任说："不要打扮得好像要去相亲一样来上班，太难看了。"想起这件事，我的嘴唇不由得扭曲了起来。

　　开什么玩笑啊？脑中浮现的话语化成铃木主任尖锐的声音，在我脑袋里响个不停。

　　我这个人……真是的。连这种时候都能犯错。

　　全部都是我的错。

　　铃木主任的斥责，加上想到"要是她真的这样陷害我"就让我害怕；我放弃追究真相，连思考都停止了。

　　被怒吼吓退，没办法强硬地说出"拜托了，还是外包吧"的也是我。虽然觉得一切都非常不合理，但还是像魔法咒语一样不停地说"没办法，就是这样"；决定继续在这里工作的人，也是我。

　　总有一天会有办法的。人生总会迎来豁然开朗的瞬间，擅自这么相信，拼命向前的也是我。

只要有信心，总有一天会有回报？一开始就不努力的人就不会成功吗？

总有一天，是哪一天呢？没有人能保证会成功，还能办到什么呢？看看现在这样算什么啊！造成现在这种凄惨又无力的状况的人，全都是我。

是我不好。是我不好。全部都是。

都是，我的错。

不是别人的责任。就是这样。

我的脑袋里好像起了雾一样，一片朦胧。

我毫无意义地移动着鼠标，呆呆地望着图像编辑软件的画面，一层又一层的图像。色彩缤纷的版面，在眼前渗透般融化、分解，最后成为毫无意义的点和线的集合。

哭了吗？我摸摸面颊，果不其然脸是干燥的。嘻嘻，我又偷偷地笑起来。毫无意义的嗤笑。

也是。有闲空哭，倒不如想想该怎么解决问题比较有建设性。

不能示弱的。

现在我的地位、工作、状况……都是自己的责任。

是我，不好。

是我……

不好吗？

那么，一直活到现在的我，在这里活着的我。

都是，我不好吗？

要是我不好，那是不是，重新启动就好了呢？

因为，我真的很想放弃了。现在这个瞬间，我想放弃做自己了。

我也不想在这里当被人痛骂光干杂事的约聘员工，而想当做正事的正式员工啊！

让妈妈担心，自己一个人到东京来，不想再让妈妈操心而勉强留在这里，不知何时已经到了找工作都很困难的年纪了。

简直就像动物园里被困在没有出口的牢笼里，来回踱步的狮子一样。

不对，狮子至少在笼子里，还有观赏价值。

可我呢？

"你的工作，让人感觉很恶心。"

铃木主任的声音又在我脑袋里响起。当当当当，像铜锣一样的声音。

啊啊，有谁能理解我呢？

大家都努力过着自己的人生。笔直地好好向前走的人，一定无法明白吧？

在这个工作环境、这个城市、这个世界上，自己简直就是最无能、最凄惨、最没有资格活着的人。

我漠然地抬头望着天花板，那根灰色的梁柱，以及上面生锈的钩子。

"干脆，解脱了吧。"

我觉得天花板上的梁柱，好像正在对我招手一样。

"到这里来吧。已经受够了不是吗？把椅子放在桌面上，就能够到天花板啦。你知道的吧？不是调查过了吗？电脑的线可以当绳子用的。"

分明没有发出任何声音。

但是听起来那么平静、和善又温柔。

"麻里子啊，全部放弃不就好了吗？"

轻轻地笼罩我全身，抚慰我疲惫的心灵一般。

"做就是了。一定很爽快的。我们来把铃木的办公桌搞得一塌糊涂吧！给她好看，报复她吧！"

一直一直一直，极力忍耐着，却没有否认。在我心中的这股汹涌奔腾的黑暗情感。

我觉得好像有人轻轻地对我说：我会接纳你的。不用再假装没看见，也不用再忍耐了。

啪嗒。

咚。

突然间。

只有打印机发出声响的空间中，仿佛有不自然的水声。我抬起头。

"……？"

是什么呢？

我完全没发现。

左边隔壁的桌位。铃木主任位子的，正上方。

天花板的梁柱上，好像有什么东西垂下来。

我无力地靠在椅背上。非常缓慢地抬头望去。

……视线的前方，有两只脚。

并在一起，无力地下垂的双脚。穿着肉色丝袜的脚上，白色的低跟鞋掉了下来。

那是我去年一眼就看中的鞋子——今天也穿着这

一双。

我好像中了邪一样,视线慢慢地从鞋子往上看向膝盖。

淡粉红色花样的喇叭裙,在没有风的高处翩翩地摆动。颓然下垂,没有日晒痕迹的苍白手腕。啊啊,是啊,一直都往返于公司和自家,从来没有出去逛过。

一动不动的,无力的指尖。变成青紫色的指甲。完全没有整理的指甲,好像刚刚才把擦的透明指甲油卸掉似的。

这样啊,这是我啊!

正如我想象的一样,像水般的液体不停地滴下来,弄湿了铃木主任的办公桌。不知道是秽物还是消化液还是唾液还是血液的,黑漆漆的玩意。鼻端飘过刺鼻的恶臭。

桌上累积的液体终于溢到了地上。

啪嗒。啪嗒。啪嗒。

啪嗒。啪嗒。啪嗒。

啪嗒。啪嗒。啪嗒。

干燥的茶色发丝落在米白色上衣的肩部。很不可思议的是，我没办法看清楚脸的样子。

那张脸隐藏在黑暗之中。电脑线前端设法结成一个圈，牢牢挂在钩子上，然后垂下来的绳圈紧紧勒住白色的喉咙，这些却都看得很清楚。

像蜡做的一样青白的皮肤，在电脑线下面变成紫红色。那种色彩渐层的感觉，跟其他凄惨丑恶的样子比起来，反而有点幻想般的美感，就像是戴了时髦的项链一样。

还有就是，脸部能看到的部分就只有跟指甲一样变成青紫色的嘴唇。舌头从微微张开的唇瓣中掉出来，还能勉强看到液状的细丝从那里垂落。

滴滴答答。滴滴，答答。

摇摇晃晃。摇摇，晃晃。

月光在背后，虽然没有风，双脚却在晃动。一只脚上还穿着低跟鞋。

摇摇，晃晃。

摇摇，晃晃。

我的尸体，摇摇，晃晃。

我说不出话来，只能茫然地盯着眼前不知是现实还是梦境的光景。

我眨了好几次眼睛，然后闭了一会儿眼睛。接着张开眼睛的时候，刚才分明在眼前的自己的尸体，已然消失得无影无踪。

我哑然望着尸体本来该在的地方良久——那颗打进水泥梁柱的结实铁钉，我紧紧盯着不放。

然后，突然之间我胸中的大石像是落地了。

啊啊，什么啊。

我松了一口气，不由得笑了起来。一下子觉得可笑极了。我呼地深深吐出一口气，空气从齿缝间发出咝咝的气音。

就是啊。什么啊。这样啊。

要能这样的话，就好了啊！

"麻里子。来，快点啊！"

那个温柔的声音轻轻地诱惑我。

我站起来。

本来应该要用打印机印很多充满怨恨的遗书，但是算了吧，这样就好。

因为已经没时间了，得快点才行。非得现在做不可——在我的决心减弱之前。警卫可能会来巡逻，说不定也可能有人忘了东西回来拿。对，要做就要趁早。快点快点。

虽然思路清晰，但不知从何而来的焦躁和不安让我慌忙起来。

按照刚才的范例，我伸手拔电脑线。用网络线和延长线的话，应该可以充当非常结实的绳索吧。

我连电源都没关，直接拔了两条线，电脑画面"噗"的一声变暗了。刺目的蓝光消失，只剩下窗户透进来的光线。让人安心的、带着温暖的光线。我微笑起来。

我随手拢起电线，一再调节长度，反复折叠；我在网络上调查过套住脖子的绳圈的特殊结法，反复练习过，终于可以顺利地结成了。

我拿着做好的道具，走向铃木主任的座位。我把那里的轻便凳子搬到桌子上，然后连鞋子都没脱，直接踏着桌上的文件踩到椅子上。白色的纸被踩出了脏灰的脚印。只不过是这样，我就心情激动地感觉到小小的报复带来的快感。

我踩上凳子，把电脑线绑成的小圈挂在钩子上。

再一下子就好了。

再一下子就能解脱了!

我兴奋得心脏怦怦跳。不由得面露微笑。

明天。到了明天,铃木那家伙会有多惊讶啊!

她会后悔吗?猛然看见料想不到的凄惨光景,会呕吐吗?

我惨不忍睹的丑陋尸体,会成为她永难忘怀的强烈记忆,让她痛苦一辈子吗?我希望能这样。不,一定会这样的。

我捧起大的绳圈,要把头伸进去的那个瞬间——

哐当。

我没打算大幅弯腰的,但手机却从上衣胸前口袋里滑落下来,掉在桌上发出撞击声。滚动的手机撞到堆积的文件,碰乱了一角。

这一连串的声音比我想象中要大——我抬眼望过去,看见贴在手机壳上面红色的部分。

那是我来东京的那天,妈妈替我求来的除厄护身符。

"小麻里。"

我仿佛听到妈妈的声音。

嗡——嗡——嗡——

"？！"

设置成静音模式的手机，突然开始振动，我吓了一跳。

"哇……"

手机屏幕一明一暗地闪烁，嗡——嗡——地振动着。手机慢慢往前移动，从桌面掉到了地上。我哑口无言地望着哐当一声掉在地上，仍旧不停振动的手机。

怎……怎么办？！

我脑中一片空白。手心和发际渗出的油汗，绝对不是闷热所致。

"等……等一下。"

我毫无意义地对着手机喊道，慌忙从凳子和办公桌上下来，捡起顽固地一直呼唤我的手机。

"……啊。"

我眯着眼睛看着像是能灼烧视网膜的明亮画面，倒抽了一口气。

上面是老家的电话号码。

"喂，妈妈？"

我毫不犹豫地按下接听键，几乎是下意识的动作。

时钟显示晚上十一点。妈妈几乎从来不在这个时间打电话来，而且她理解我最近很忙，尽量都不打过来。我已经将刚才想上吊这件事抛到脑后，心想不知道发生了什么事，不安起来。

"……小麻里？"

电话那端传来叫我名字的熟悉声音——我瞬间松了一口气，膝盖无力，几乎要跪在地上。像是现实打破了梦境一样，头脑冷静了下来。

因为，我……刚刚，想做什么啊……现在回想起来才感到害怕，心脏怦怦地跳个不停。双腿打战。

我花了一点时间，让呼吸平稳下来，我把手机压在耳朵上——摸到了除厄护身符的袋子。

光滑的布料质感，不知怎的让人觉得很安心。

太好了……太好了。

或许是这个守护了我。

"小麻里，怎么啦？"

我一直没说话，妈妈可能觉得有什么不对，讶异地叫我。我心想得搞清楚状况才行，于是用开朗的声音回答：

"哦……没事啊！妈妈才是，怎么突然打电话来？"

"啊啊，对不起，这么晚打给你。"

"没关系，正好我也很想念妈妈的声音呢……"

我照着平常打电话的习惯，一边说话一边走到办公室外面的走廊上。走廊里总是亮着日光灯，比只有窗外透进来的街灯和月光照明的办公室亮得多。我望着从天花板上散发出的温暖光线，突然觉得十分平静。

即便如此，只不过是隔了一扇门，跟我们办公室煞风景的水泥差得太多了。与之前不一样的光景，像鱼刺一样勾动着我的心境。

想着出来透一透气，但我仍旧感到烦躁。漫无目的地往前走，不知何时就走到了隔壁部门旁边的洗手间。这样想来这层楼应该没有别人了，不管是在自己的位置，还是在走廊上，都不用担心谁听到我的声音。

然后——

"小麻里，你还好吗？"

妈妈突然问我，我吓了一跳。

"欸？怎……怎么啦？突然问我。"

"嗯……不知怎么了，就是有点担心。我不该打电话来的，你这么忙。"

不知怎的，有点担心。

结果妈妈的直觉非常准确。再过个几秒……我就再也听不到这个声音了。"对不起这么晚打给你。"妈妈在电话那头再次说道。

光听声音我就知道，妈妈现在是什么表情。

一定眉毛呈"八"字形，用手撑着面颊，眼角稍微有些细纹。我从小就看着妈妈的样子。那比什么都温柔熟悉的笑脸。

那个瞬间，我胸中涌起浪涛般的冲动。

"呜……"

腹中升起灼热的感觉，空气从喉咙中溢出，我低声呻吟起来。

"……小麻里？！哪里痛吗？小麻里？！"

妈妈惊讶又担忧的声音。如此熟悉，如此温暖。

"那个……妈妈，我……"

我回过神来，已经不由自主地发出了声音。

"工作实在太繁重了……现在这家公司好辛苦。看见办公室的天花板，就突然想去死。然后妈妈就打电话来了……"

接着我就把进入公司之后碰到的各种事情，以及铃木主任的所作所为全部告诉了妈妈。在这之前，妈妈也一定知道我找工作失败，一再换工作，所以一直都感到非常不安。

不知不觉间，就已经全部都说出来了。

"……"

妈妈好像说不出话来，沉默了好一阵子。

这也难怪。想着给孩子打个电话，竟然听到女儿说自杀未遂。一定不知道该怎么回答才好。

我也觉得自己是个不孝的女儿。有了足够的空白时间让头脑冷静下来，我不禁为自己的轻率感到丢脸。我焦急地想着，得道歉才行，得跟妈妈说其实没什么事才行。让她担心了。快点，快点。

然而，现在不管说什么，还能解释得过来吗？我不知道该说什么，张开的嘴又闭上了。只靠电话联结的虚无缥缈的空间中充满了沉默。

没有立足之地的我，只能抬头数着天花板上的花样。绵延的常春藤浮雕花样的灰白色格子，一定是因为不想损害这栋历史悠久建筑的形象所花费的功夫吧。

终于，不知道过了多久之后。

"……小麻里很努力的。"

妈妈喃喃道。

"欸？"

"因为，你写的那篇红石斑煮鱼的报道，实在太棒了！我都吓了一跳呢。"

"那是……"

专栏刚开始的时候，我记得把刊登第一篇报道的杂志寄了过去。妈妈都记得呢。我觉得心里非常温暖。然而妈妈接下来的话让我睁大了眼睛。

"还有，那个，讲杂炊的文章我也非常喜欢，高松的那篇！有甜味的白味噌汤里加上红豆麻糬，我第一次听说，真的好想吃吃看哦。"

"……妈妈，你怎么知道……"

"还有，关于味噌汤的报道，我还喜欢八户的仙贝汤。分明在同一个国家，竟然有这么多我完全没听说过的美食，妈妈每次都非常感动呢。"

使用大量根茎类蔬菜和红豆的"堂兄弟"煮，非常下饭的B级美食煮飞弹鸡肉，香脆的山阴猛者炸虾，鲔鱼红肉生鱼片加上咸甜酱汁的传统渔夫料理，津久见日向盖饭……

妈妈一一细数我写的"日本乡土料理，踏遍全国各地"的报道。我只呆呆地听着。怎么会？为什么？我的脑中充满了疑问。

因为妈妈说她不懂编辑的工作，也不会网络购物，乡下很难买到这种非主流的杂志，发售之后要不是立刻去大书店，是买不到的。

即便如此，妈妈还是每个月都买了。

我写的文章。她都看了，都记得呢。"最近半年，专栏不是小麻里负责了啊。报道的感觉都变了……我很担心呢。"妈妈用略带遗憾的声音说，我忍不住捂住嘴。

胸中汹涌的情感该如何表达呢？累积在心中黑暗的东西全部被净化了，变成一股满溢的热流。

"那么棒的文章，妈妈绝对写不出来。你真的很努力。妈妈觉得好骄傲啊！"

你真的，很努力。

这样啊，我。

……很努力啊。

没有明确的成果也没关系。就算不能成为正式员工也没关系。

但是，我还是想被认可。

我只是希望，自己所做的这一切都不是白费。希望有人称赞我做得很好。

"小麻里，一直一直都这么努力，一定很累吧？奥运选手也没有人一天跑二十四小时的。没有不休息一直往前飞的鸟啊。"

"……嗯。"

妈妈的声音像是渗入干裂地面的水分，滋润了我的心灵。

我听到的一切都是理所当然的。没有必要自己忍耐，离开也是一种选择。

要是走投无路到想自杀的话，那就干脆辞职，回到老家就好。毕竟我并没有伤害，也没害死任何人。一切都还不太迟,也没有不能从头再来的错误。

听着电话那一端的声音,我突然有所感悟。妈妈一个人把我养大,一定非常辛苦。绝对比我想象中要更加辛苦。但是,她并没有死。她活着把我养大成人了。

我一而再,再而三地错过了重点。

就算辛苦,也不能对为了我而努力的人置之不理。为什么要为了对我发泄恶意的人而放弃自己的生命呢?

"所以小麻里,回来吃红石斑煮鱼吧。"

回到能安心休息的地方,吃最喜欢的煮鱼,补充元气。

要是还能继续努力的话,就重新出发吧!

"加上酱油、日本酒、黄糖、味淋和蜂蜜,做成甜甜的味道吧!"

"嗯。"

"还要加生姜,有辣味的。还是山椒呢?哪种比较好啊?嘻嘻,一定很好吃。"

"嗯……嗯……"

我只能不断出声回应,温暖的液体滴滴答答地顺着面颊流下来。

我胡乱用袖口擦拭本来应该已经枯干的泪水，我把手机抵在耳朵上，一再点头，不停地呜咽。

*

不知道打了多久电话。

妈妈听我说了很久很久的话，陪我一起生气，一起叹息。打完电话的时候，笼罩在我心里的绝望已经完全烟消云散。

"已经很晚了……回去的时候尽量走明亮的地方，要小心，快点走哦。"

"谢谢。没事的，公司周围都很亮。妈妈也知道的啊。离车站也很近。我会小心的。晚安喽。"

"晚安。"

最后我们像平时一样道了晚安，按下红色的通话结束按钮。我的心情不知怎的就好了起来。

首先，大大地伸个懒腰。先回办公室吧。这么一想，电脑线被我拔了，还绑了绳结要上吊，铃木主任的办公桌被踩得乱七八糟……啊啊啊。

得想办法整理一下才行。我在脑中想着要如何处理，急忙回到办公室，不由自主地抬头望着天花板。

半年来我一直盯着看的水泥天花板上，应该有那道梁柱，以及钉在上面的坚固钩子，加上我不久之前挂上去的自制自杀用绳圈——

"咦？"

眼前强烈的违和感让我不禁发出了疑问的声音。我不由得用手揉了揉眼睛。

绳圈，没了。

不如说——

梁跟钩子，都没了？

不仅如此。

我抬头望着的天花板，跟印象中熟悉的景象完全不一样。天花板不是水泥的，上面的图案变成了和走廊一样有着常春藤浮雕的灰白色格子。那是我从来不曾在这里见过的图样。

"咦……我走错房间了吗？"

这里没有人，我却仍出声询问，因为我很不安。我伸手摸门边的电灯开关，啪嚓一声打开了电灯。但是不管我怎么看，不管是办公桌的排列，还是各种用品的配置和位置，一切都是非常熟悉的景象。

怎么会这样？

我呆呆地愣在原地。

一瞬间，我甚至有种荒唐的想法：是不是在我打电话的时候改装过了啊？当然不可能。天花板不仅有格子，连灯光的位置都不一样。

不管怎么努力，都不可能有巨大的梁柱横亘其间。

不可能的啊！我一直都在盯着看。但是我越努力回想，梁柱的形状和上面好像非常坚固的那个钩子就越来越模糊。

"对了，电线。"

我想起本来应该挂在钩子上的绳圈，跑到铃木主任的办公桌旁。然而，上吊用的绳圈也不见了，而且桌上文件档案也没有被践踏的散乱痕迹。凳子也在原来的位置上。我回到自己的座位，看见电源线网络线都在电脑上插得好好的。

我呆呆地站着，说不出话来。

这到底是怎么回事啊？

那个天花板呢？那道横梁呢？钩子呢？全部都是，幻觉？做梦？……能持续半年？

"……"

我仍旧沉默。

要是就那样上吊的话，会变成什么样子呢？

我不禁打了个冷战。

经历了这一切之后，我果然一点也不想再留在办公室里了。

仿佛有一只冰冷的手揪着我的内脏似的，我匆忙整理工作，收拾东西回家。

*

次日。

虽然我在某种程度上下了决心，无视铃木说的"你一个人想办法补救"径自回了家，但第二天来上班，果然还是战战兢兢。

也罢，又不是要赴死……我一边给自己打气，一边怀着上断头台的心情到了办公室。不可思议的是，铃木主任竟然没有骂我。非但没有骂我,连她这个人也根本不在。

"早安。啊,铃木主任呢?"

"早安,荻原小姐。铃木主任啊,刚才被总编辑叫去了,跟松尾先生一起。现在在那里面呢。"

我弯腰在对着电脑的森前辈耳边低声询问,她转过头来露出白牙笑道。她用大拇指指的方向是说教房间。

"铃木主任,在说教房间里?"

"对。我听说了,荻原小姐,你昨天辛苦了吧!铃木主任诬陷你工作没做好,还把根本做不完的事情都推到你头上了啊!"

诬陷——果然是这样啊!

我知道自己的眼睛瞪得跟栗子一样大。不只是被陷害的惊愕,还有我的猜测果然是正确的。我松了一口气,几乎要当场瘫在地上……我确实没有犯任何错误啊!

"但是,你怎么知道的?昨天没有其他人在……"

"好像是从别的地方发现的。荻原小姐不是有个专栏被拿走了吗?那个乡土料理的。那个大家都觉得质量下降了,然后经理部门调查了一下,发现取材公费都被松尾先生私吞了，根本没有花在专栏上。"

"欸！"

"松尾先生认了罪，大概是想拉个垫背的，就说'这些事情铃木主任早就都做过了！'之后就顺藤摸瓜地一件接一件。从荻原小姐负责的时候开始，报账的奇怪收据就有很多，当时经理部门也注意到了……"

"收据……？那个专栏，不是没有预算吗？"

主任告诉我制作经费非常少，所以我几乎从来没有申请过出差取材的费用。为了确认我问了一下，听到的预算费用跟我所知的简直天差地远。

"接着就是难堪的互相揭发了。刚好门没有关紧，里面在互相叫骂说'你才是！''你才过分！'全都听得一清二楚。后来松尾先生说：'第一，是你说盗用公款要是被发现了就很麻烦，那就栽赃到一开始提出策划的荻原小姐身上，把她赶走就好。'还说了他们连资料发外包的费用都想私吞，总编辑简直气炸了。所以我想她一时之间应该不会回到座位上来了哦。"

总编辑平常很温和，但生起气来很吓人。她拍了拍哑口无言的我。

"之前因为账目上的数字没有任何问题,管理部门什么也不能做;但现在算是天网恢恢,疏而不漏吧!他们以后能谨慎一些就好了。所以荻原小姐,那个策划专栏应该马上就会回到你手上了哦。当然资料设计的事情也已经外包了,应该不用担心。"

"非常……感谢……"

我心潮澎湃,只能低下头,咬着牙喃喃道。

"总会有办法的啊!"

前辈听到我的自言自语,耸耸肩膀说:"就是这样啊。"这句仿佛不知在哪儿听过的魔法咒语,让我笑着点点头。

*

结果那一天,说教房间的门,几乎没有打开过。

傍晚的时候,终于走出来的松尾先生已经被压榨干净,几乎成了恍惚状态。他接受的处分我们只略知一二却不知详情,但不用想也知道一定是严厉的处分。至于铃木主任,她干脆第二天开始就直接消失,不来上班了。

据说她好像打算辞职。

预定的活动就在缺少人手的情况下举办了,但准备工作已经完成,同时也另外请了帮手,所以进行得很顺利,活动圆满成功。

活动过后的那一周,我和森前辈等几名同事一起吃了庆功午餐。在此之前午休根本是不可能的,就算只有一个小时,能在平日中午休息,对我都是非常新鲜的喜悦。

我在公司附近的咖啡馆点了每日套餐,送上来的汉堡在包着锡箔的铁盘上吱吱作响。浓郁酱汁的香味让我着迷。森前辈带着歉意对我低下头。

"荻原小姐,你真的很惨啊!很抱歉,我们都怕被报复,没有帮你的忙……"

"没……没关系的!没有反抗也是我的问题……"

"啊……但是,坐在铃木那个位子的上司,从以前开始就不知怎的都是些垃圾,那个位子被称为'人渣磁铁'。有很多人都因此受害了。"

"欸,是这样吗?"

别的前辈不经意地说出的话,让我惊讶地停下了正要叉起沙拉中水芹的手。

"真的，这是很久以前辞职的人说的，说当时的上司实在太讨厌了，每天来上班都到厕所去吐呢。"

"真……真是吓人啊！"

虽然我都差点在并不存在的梁上上吊了。

虽然如此，这种一定会吓到大家的神奇经历还是不要说出来为好。前辈深深叹了一口气。

"你知道那栋大楼历史很悠久吧？可能因为这样吧，有人说那里被诅咒了，会让人产生幻觉什么的。"

怦咚。心脏发出讨厌的声音。

"幻……幻觉，还是幽灵？"

我故作镇静地问道，那位前辈慢慢地摇头。她手上的叉子叉着一块汉堡，闲着无事地晃啊晃，晃啊晃。

那个动作，让我脑中突然浮现了一幅景象——那天晚上看见的自己的尸体的模样。

"不是哦，是梁柱。"

"咦……？"

"据说啊，就在铃木主任座位上方的天花板上，有一道梁柱，上面钉着看起来很适合上吊的钩子。那个人抬头看到那道梁,就觉得想上吊,所以神经衰弱就辞职了。"

那里分明没有梁啊,前辈笑着继续吃午餐。我说不出话来。

◆ 交接书

"真是灾难哪。竟然沦落到这种地方来了呀。"

被派到这个部门,刚碰面的前辈同事就这么对我说。

我听着办公室各种用品和消耗品的放置所在,以及茶水间等的说明,前辈不经意般吐出了这句话。我眨着眼睛说:"什么?"

这位男性前辈眉毛很粗,肤色浅黑,体格健壮。从他的口音听出来,好像是关西人。顺道一提,他的名字也是刚刚才听说的,叫田所。乍看之下是头脑简单、四肢发达的类型,然而他说起话来尖锐锋利,让我大吃一惊。这话的兆头简直太差了。

"呃,这种地方,是灾难?"

"因为相马小姐,你之前不是在策划课吗?那是出人头地最快的部门……"

他好像很难说出口似的,眼神游移不定。我急忙摇头。

"啊,不是的!因为我怀孕了,他们一定是考虑到我的工作时间!不如说我在这个时候有了小孩,怎么说呢……让人事部门很难做吧。孕妇的健康检查很多……我觉得是我给公司添麻烦了。"

最后一句话我是苦笑着说出来的。我也觉得自己有点牵强,反省了一下。

我——相马菜菜在国内尽人皆知的大型食品公司上班。我在五月中旬发现自己怀孕了,于是立刻跟课长商量。

我喜欢策划课的工作,当初意气昂扬地说:"不用缩短工时,加班也没问题,在生产之前都可以正常工作!"然而我在听了医院和区公所的各种说明之后,发现这是办不到的。

说来不好意思,我在怀孕之前,完全没想到产前健康检查竟然会如此频繁,就算曾经听说过,也觉得跟自己没什么关系。现在才深切反省自己的想法实在太天真了。

此外,发现怀孕之后,孕吐非常严重。难受的程度不只是晕船那样,简直像是有一把长柄勺子从肚脐捅进去乱搅内脏一样,更别提这发作的频繁程度。我清楚地记得我先生很担心,问我想吃什么的时候,我茫然地说"纸箱……"让他吓了一大跳。

休息时间我在洗手间和办公室两头跑,就算加班,也没有打卡,以自愿的方式继续工作。然而有一天课长叫我过去,徐徐地对我说:

"相马小姐,虽然现在不是调动的季节,但下个月还是要把你调到别的部门。既然你怀孕了,就没法继续在策划课工作。还是让你到比较轻松的地方去吧!"

那个……但是……我正思索要怎么回答的时候,课长已经不由分说地下了最后通牒。

"不好意思。要是你出点什么事情,这里也会很困扰的,毕竟会变成我们的责任。"

课长的眼睛藏在反射阳光的镜片后方,我无法窥探，但光是声音也足够察觉出他那觉得麻烦的心情了。我只感到非常不好意思。"给您添麻烦了。"我低下头。"没事没事，既然怀上了也无可奈何。不过怎么刚好就碰上这个时候呢……"还被讽刺地倒打一耙。

现在回想起来，那是挺厉害的一耙。然后，说着"恭喜你"的同事们，心里一定也很不高兴，这想起来更令人沮丧。

就这样我整理了坐了四年的工位。

新的工作部门不在总公司，而是在位于郊区的分公司四楼。虽然整栋建筑都是我们公司的，但是楼层的面积并不大，同一层楼还有劳工事务和健保单位，都没有区隔，全部混杂在一起。

我被调到的部门，是属于员工福利中的社内杂志编辑部。

我听到时的第一个印象是，"好像很有意思啊"，同时也想着"真的被踢到这种偏远地带来了啊"，然而我当然默默地忍住没有说出口。

同时我也有些不当的推测。人对自己能力的认知，可能都灌了不少水。我为了这个组织贡献的心力，在此之前努力培育的一切，难道都算不上什么吗?

也罢，调职就是这么回事。没被下放到乡下地方就应该庆幸了，不这么想不行。我把自己从回想中拉出来，忍住心中的千头万绪，对着眼前的田所先生微笑起来。

"我也不能给你们添麻烦，一定会努力尽快熟悉业务的!"

积极向前!我正准备给自己打气，田所先生带着一言难尽的表情说："努力啊……"他双手抱胸，"嗯"的一声低下头。

"不好意思，但要我说的话，不如想办法闲适地待着，可能还比较有建设性。"

"啊?"

"反正你会知道的，我就丑话先说在前面了。这里可是'猪圈'啊!"

"什……什么?"

猪圈?

要是猪箱的话，那是拘留所的别称，还说得过去。不对，这里也不是拘留所啊!不对不对不对。

"真的，因为工作的绝大部分内容，都是在照顾公猪啊。"

"照顾猪……公猪？"

这是怎么回事啊？我把脑袋倾向一边，他意味深长地苦笑起来。

"这你也马上会明白的。"

"啊，哦……"

我感到有点慌，但又不敢继续追问，无奈之下只能点点头。

结果如他所说，我马上就知道"猪圈"到底是什么意思了。

*

四楼的视野没那么高。所以从这间办公室的窗户往下看，可以看到不远处那座神社镇守的森林。我每天上班的时候都会走过神社入口处的鸟居，但最近才知道那是内行人才会去的切断恶缘的神社。

我被调来这里已经两个月，时序刚进入八月。今年夏天非常热，路面上柏油都要熔化了一样。热空气从地面上摇摇晃晃地升起。上方森林的绿色仿佛阻挡了热浪，带来些许清凉的感觉。还有就是往年这个时候，蝉鸣会像排山倒海而来般穿墙而入，今年却好像太过炎热，连蝉也只在黄昏的时候勉强地应声鸣叫一下。

即便如此，要是这座神社如同传闻所说，颇为灵验的话，那我或许该去献上一万日元的香火钱，祈求"请让我调到别的地方"也说不定。虽然我偶尔会这么想，但我是个现实主义者，始终没有实行过。

从漫长的孕吐期解放之后，现在我可以冷静地判断这个部门是个怎样的地方了。

仿佛像是要阻止我胡思乱想一样，今天，"公猪"也在大喊大叫。

"所——以——说——老子怎么知道！！村上，你他妈的就是个没用的蠢货！你要做就去做，不要什么鸡毛蒜皮的小事都来烦老子！上司跟属下做的事情是不一样的。UNDER——STAND？知道是什么意思吗？！"

我啪嗒啪嗒地打着字，不自觉地皱起了眉头。那个刺耳的声音实在很吵。办公室没有隔间，整层都听得到。

随着鼓膜振动，心脏好像也紧缩了起来。每天旁边都有人被大声斥骂的日子，再怎么样也没办法习惯。骂人的内容非常没道理，被骂的是相熟的同事，这更让人难受。这对胎教一定有不好的影响。

离我们这些普通职员的办公桌稍微有点间隔的地方，就是那个位置。他跟我们之间的距离，被我们私下称为"放牧区"。

因为在那边养着的，是会说人话的"公猪"。

"佐藤主任……那，我可以自由进行了吧？"

相形之下，正在冷静确认的，是派到这里工作已经第三年的村上先生。克制的声音里隐含的怒气，那只"公猪"八成根本没注意到吧？

"啊？！你说什么？！我不是什么主任，是襄理！！到底要说几次才知道，你的脑袋是装饰吗！而且，什么自由？凭你的判断，能把工作做好吗？梦话还是留到睡觉的时候说吧！！"

不对，等一下。听到的对话中可吐槽的点实在太多了，我不由得停下了正在工作的手。

因为，要是去跟他确认该怎么做，他就嫌麻烦，但是自己放手去做他就又会不高兴，那到底该怎么办才好呢？真是的。

话虽如此，不过因为看不下去就随便插嘴，我知道会有什么后果，所以也不能随便出手帮忙……

在我犹疑的时候，突然哐当一声大响。好像是"公猪"用力踢了桌子。我忍不住畏缩了一下。

"搞什么？！村上，你那是什么眼神！！"

他大概是不满意村上先生的态度，终于使出了家传宝刀。那把动不动就拔出来的宝刀，叫作"关系"。

"你胆子可真大啊，竟然敢瞪我！你想说什么，就现在说出来啊！惹毛了老子会有什么后果，你得先有心理准备啊！！"

我不知该如何是好，偷偷地瞥向呆站着的村上先生。他又高又瘦，穿着破旧的灰色西装，驼着背。他站在"公猪"的桌子前面，在他视线不及之处，双手偷偷地紧握成拳。

村上先生好像也失去了反驳的力气。"没有……我知道了。"他丢下一句话，转身慢慢朝这里走来。他好像虚脱了一样，咚的一声在我旁边的位子上坐下来，我偷偷地用眼神跟他打了招呼。

我其实想跟他说:"你辛苦了。"但以前这么说的时候,"公猪"大声怒吼道:"你们偷偷摸摸地在说什么,嗯?"在那之后我就不敢说了。

对着像瞪着杀父仇人一样盯着电脑屏幕的村上先生,我只能在心里说:我明白你的心情啊!

此外,到现在为止我都不想叫他的名字,但"公猪"的本名叫作"佐藤茂男"。

贵庚四十七,身材很矮,脂肪丰富;毫不客气地靠在椅背上的时候,仿佛可以听到椅子的哀号——"那个!我!已经不行了啊!"

我叹了一口气,聆听着隔壁村上先生点击鼠标和敲击键盘发出的声音。

咔嚓咔嚓,打开档案夹的声音。接着是咔嗒咔嗒咔嗒,好像泄愤似的打出一行行文字的声音。

过了一会儿声音停下了,我打开我们部门共有的档案夹。

在许多层的目录下面,像炸弹一样被层层包裹,还加上了密码的档案,我把鼠标移到上面,显示几分钟前更新过。

我立刻输入密码"310564"。无情的文书档案上，追加了发泄的心情文句。

"我要宰了佐藤这个王八蛋。绝对要把他做成火腿。用那家伙挪用的公司联谊会费买熏制香料，今天就买。不，现在就去买。去死吧去死吧去死吧去死吧去死吧！不负责任也不做事，这种上司有什么鸟不起的！"

最后一句话大概是太焦躁了，"了不起"打成了"鸟不起"。

唉……想也知道会这样。我觉得那是村上小哥一腔怒火打出来的痛骂和诅咒。之所以说"觉得"，是因为编辑这个档案的时候，大家都有匿名的默契。

我也匿名加上一句："肥肉太多了，应该不好吃吧？"然后保存了档案。

这个内容庞大的档案，叫作"交接书"。

也是被迫在这个猪圈养猪的饲养员们稍微能发泄一点压力的地方。

*

"但是，相马小姐，那只佐藤公猪的各种无理取闹，你适应得还真快啊。"

"说是适应……其实只是放弃挣扎而已。不习惯也不行啊！"

午休的时候，我们在公司附近的文创咖啡厅吃猪肉烧烤。我苦笑着回应田所先生的取笑。

我们习惯每个星期在这家咖啡厅开几次会。而且这种会议好像是这个社内杂志编辑部代代相传的习惯。说是开会，其实是吐槽发泄的场所。坐在同一桌的是比我年长的前辈田所先生，看着精神不济的晚辈村上小哥，加上我共三个人。田所先生三十四岁，村上小哥好像二十七岁的样子。我三十一岁，刚好在他们中间。

没错。

"猪圈"到底是什么意思？

众所周知，这个部门上司的"畜生"程度非常惊人。我们同事之间感情倒是都很好。村上小哥喝了一口排毒水，把手肘撑在桌子上，愤愤地开了口。

"那只公猪……摆着上司的架子，净扯我们后腿。什么事也不做还一副理所当然的样子，而且分明什么都不懂，还胡说八道把事情搞得一团糟……哈哈哈，'罄竹难书'就是这个意思吧！……"

"村上人柱，年纪轻轻还知道很难的成语啊！"

"田所先生，拜托不要叫我人柱啦！那不是猪圈被留下来的活人祭品吗？还有因为眼睛混浊叫作'浊酒'，不要给人起奇怪的小名啦！"

"没什么啊！你不是偶尔也偷偷叫我'军曹'吗？我们扯平啦。"

"不是啊，因为田所先生你的位子离公猪最近，但是完全不受影响。即使其他人都被公猪干掉了，你一个人应该也能存活吧。The Last Man Standing 啊！我要是跟田所先生一样待这么多年，一定立刻就完蛋了。"

"已经待三年了，怎么可能立刻就完蛋啊！"

聊天的内容和腔调都很轻松，我笑着说："好像很开心啊。"

村上小哥有着现在年轻人常见的纤细体形。他一边喃喃地说："哪里开心了，饶了我吧……"一边从西装外套胸口的口袋里掏出药盒，摇出一颗小药丸落在青白的手掌上，然后放进嘴里。药盒上起皱的银色标签上可以看见很拗口的片假名药品名称。那是精神科开的镇定药物，我和田所先生都知道，但是故意装作没留意。

"但是，真的很困扰呢。"

气氛突然尴尬，我毫无技巧地把话题拉回来。

佐藤的所作所为真的让人难以忍耐。

比方说今天早上村上小哥碰到的状况，不管问他什么都推托说："这不是我该做的事。"没法确认获得许可，只好自己进行，然后就会被随性打回来。

不，只要做个在工作的样子就还算是好的了。他总是因为不必要的饭局早退，私吞联谊费用，拿公款买私人物品……

为所欲为就是这个样子。而且只要有一点不顺他的意，就把错全部推到属下头上，口出恶言随意迁怒，在隔壁部门都很出名。

然而，最难搞的是——他那种非常嗜虐的癖好。

我们都是人，不管怎么小心，偶尔还是会犯错的。

不管是多小的错,就算立刻可以纠正,只要被佐藤发现,就会小题大做,然后彻底地拿来杀鸡儆猴。

具体来说,不管跟工作有没有关系,不只是本分部,包括总公司在内的所有部门,连外面的业务合作对象都得去磕头谢罪,说"因为我犯了这样那样的错误,让各位和我们公司蒙受巨大的损失"什么的。

这俗称"谢罪之旅"。

当然,就算是小错,犯错也是自己不对……然后,自己犯的错有多难受,也是自己最清楚。

但是只因为一点小错,就得跟毫不相关的人大声谢罪说:"我真的是公司的恶性肿瘤,给您添了麻烦,真是非常抱歉!"这种屈辱简直像在伤口上撒盐一样痛苦。

更有甚者,佐藤还会说:"就是!因为你又蠢又笨,浪费了多少人宝贵的时间和金钱!喂,你的头不够低吧!"他会把你已经弯到九十度直角的腰往下按,让你的脑袋都抵到膝盖,让你的脸像火烧一样发烫;针锋相对的一句句"怎么了怎么了""哎哟又来啦"的冷淡态度;甚至有时候还真得下跪磕头……实在让人无法忍受。

跟几乎没见过面的人道歉也就罢了,但是去策划课——我以前工作的部门时，真的非常讨厌。突出的腹部本就很沉重，就算哀求佐藤不要这样，他也只是浅浅一笑，毫不留情地实施"惩罚"。哀求他反而挑起了他施虐的欲望，你越不情愿他骂得就越起劲，谢罪的时间也会更长。

经历过一次之后，就能让你一败涂地什么也不想做了。佐藤还特别擅长挑出我们的错误。

"还有就是说我很无趣，自己喜欢喝酒，非得下属陪着喝，还不肯自己出钱，'公猪，你拿的薪水是最多的好吗！'每次我都想这么说。"

田所先生好像掐准了我们——回想起佐藤的恶形恶状似的，皱着眉头这么说道。是啊，我对他点头。

"对啊对啊，没办法用公司的钱喝酒的时候，就对属下说：'喂，记在你账上啊。'当场叫别人付钱。结果欠到后来总额是多少，田所先生是不是说超过五万就懒得算了……"

"相马小姐，不是五万，是七万啊！我从来没见过他掏出钱包。分明是大家一起去喝酒，却完全不管别人方不方便。要是我们事先有约了，就要我们取消，要去哪里也一定由他决定。"

我的欢迎会根本没有我说话的余地,去居酒屋和陪酒俱乐部,一去好几家。我被迫一直吸他的二手烟,真的非常难受。我担心肚子里的孩子,又很想吐,回想起来就觉得糟糕透顶。结果虽然是欢迎会,被迫出钱请客的竟然是新来的我。完全不知道欢迎会的意义在哪里。

"而且喝酒的时候还要发酒疯!往自己脸上贴金,讲上几个小时还算好的呢。"

村上小哥也加上一句。简直像是烧酒加冰块一样雪上加霜。

其实不只是刚刚说的那些,他还有其他的恶形恶状。能够有这么多罄竹难书的槽点也不容易。就算他是绝世美男子,也没法让人原谅。更别提他外表邋遢,简直像个腐烂的肉包子,还长了名为胡楂的霉。简直是无可救药。

可能是联想到公猪吧,村上小哥用力拿叉子戳着猪肉烧烤,打心底呻吟出声。

"不是啊,为什么他这样乱搞,既不会被开除也不会被降职呢?谣传说他是靠关系进的公司,靠关系不清不楚升的官。"

"是吧。也有人说他可能手里握着某个大人物的把柄；还有说他一直跟公司牵扯不清的某个大型团体的干部是亲戚之类的……这好像是真的。因为这层关系，也跟社外其他公司的好几个董事有私人的交情，在人事部也非常吃得开……"

事实上，每次喝酒的时候，佐藤都满脸通红地讲述自己的光辉事迹，除了每天威胁我们的老套路之外，绝招就是这个。

"以前有偷偷跟我唱反调的笨蛋。我烦得要命就干脆把他踢到乡下去了，结果他自己辞职，真是没骨气啊！"

"属下这些人，要是碍手碍脚的话，直接踢走他们就好了。就算下手重了一点搞砸了，下一个目标不管多少都有人补充啦！"

那些话一定全部都是胡扯吹牛的。虽然理智这么想着，但他的言谈举止都透露出真实的意味，还听说了有不知出处的目击证言："见到佐藤跟高层很熟稔的现场。"最重要的是，尽管如此恶形恶状，到现在为止他的地位和工作都没有动摇，光凭这点就可以证实佐藤是个身份不明的怪物。当然以前好像也曾经有勇士反驳说："你也差不多！"然后这些勇士全部都离开公司，要不然就是被安上不合理的错处，挨罚减薪。

这些谣言使用"好像""的样子""听说"这些词语，让人有负面的想象，最后会自己达成结论："佐藤真的跟人事部门有关系，到相关部门去申诉，遭殃的可能是自己也说不定。""要是反抗他，不知道会发生什么事。"我们都产生这样的危机感，丧失了对抗那家伙的勇气。

之所以这么无望，是因为那家伙是我们的上司。每年惯例的人事评价都握在他手中，此外是否调职、调去哪里也都在他的一念之间。

很多工作没有佐藤盖章就无法进行，不跟他报告就不能任意进行的事情也很多。有这种规模的公司，果然还是有一些没办法略过的过程。即便被吸取了养分有损健康，还是得继续饲养下去。与其说是公猪，可能比较像寄生虫吧。

不知道是从何时开始佐藤就统率这个部门了。因此这里是被下了诅咒般"不管新人有多志得意满地想大显身手，几乎百分之百都会气馁，不是辞职就是停职"的黑暗部门。这里的人员是最低限度，只要少一个人，就立刻有牺牲者要递补上来。

村上小哥一直请调，要是顺利的话，在今年的例行职位调动时应该可以离开，但因跟我交接的前一任职员以身心不适为理由突然退职，村上小哥只好留下来。人柱就是这个意思。因此失意的村上小哥成了人柱，就这样每天吃镇静药来上班。有心理疾病的前辈本来就不只村上一人，以前还有人自杀过……不过这就难说到底是不是真的了。

另一方面田所先生则坚忍不拔地适应了环境，早就放弃了调动。一方面闪避佐藤的攻击，但他因为在这里待得太久了，佐藤也最容易把工作推到他头上。"不用担心，我能吃能睡，没问题的！"他虽然开朗地笑着这么说，但黑眼圈已经在他脸上获得了永久居留权。

幸运的是，有这样的上司，同事之间就很同仇敌忾，能这样聚在一起吐槽，也堪以告慰了。

"这里，从前就是佐藤的巢穴……所以'交接书'不只是业务方面，也是供大家发泄压力用的。"

我一调职过来，田所先生教我的不是业务，而是某个秘密档案的存在。

那就是"交接书"。

坐镇在部门共有档案的最下层，加了只有同事才知道的密码锁，形式是最单纯的文字档。这个档案的用处在于只要对佐藤有所不满，就可以在上面以匿名的形式任意发泄怨恨。

这个档案一开始到底是怎么来的呢？好像没有人知道缘由。很可能是佐藤刚来这个部门的时候，当时无法忍耐他的部下采取了行动。这里搜集了他的种种恶形恶状，可能是准备跟人事部门举报的吧——这是田所先生的推测。他到这里来的时候，档案就已经存在了。

话虽如此，就算做了这种东西，也没办法把公猪赶到其他的部门去。结果还是除了自己离开之外，别无他法。当然调职是最好的。要不然就是辞职，或是生病、生产；再不然就是想不开的人最终的手段——不，还是别说了。

从这层意义来看，即将生产让我多少能感觉轻松一点。但是就算能休规定的一年半育婴假，结束之后还是要回到这里来上班,一想到这个就心情沉重。私生活是无法休假的家事和育儿,来上班就得照顾公猪。什么啊,这个世界是人间地狱吗?

我的私事先暂且不表——只说历代大家忍受着压力的结果。恶行记录是没有办法上报的,话虽如此但没有个发泄的地方终归是不行的。

如此这般,"交接书"便一直到现在都是大家发泄的垃圾桶。

只要发生了跟佐藤有关的事情,就会有人打开档案,打开的人在其上尽情地怒吼。"国王的耳朵是驴耳朵",也就是个"树洞"。但现实毕竟跟童话故事不一样。佐藤并没像故事里的国王一样痛改前非,更别提佐藤甚至根本不具备觉得自己的驴耳朵丢人的常识。因此大家怒吼的内容自然日新月异,诸如"真想把国王的驴耳朵给扯下来"之类的。

"想把你关在大家看不见的地方,把你的脸揍到看不出来是谁的地步。对着你大吼'你干的好事就是这么恶劣'。"

"把装着玻璃碎片的塑料袋罩在他头上摩擦,用力踢他的脑袋。要不就把玻璃碎片塞在他嘴里，然后揍他的脸更好。"

"在他手指甲缝里一根一根插上针，或是把指甲一片一片剥下来。"

也就是说"交接书"到目前为止，与其说是记载佐藤的恶形恶状，不如说是由各种无法实现的私刑幻想累积而成的诅咒档案——终究一直都在那里。

此外，最近村上人柱输入的数量占压倒性的多数。虽然原则是匿名，但因为只有我们三个人，看文风以及修改的时间也知道是谁在抱怨。

然后内容也是："把灯芯插进肚脐里点火，像蜡烛一样烧三个月"，或是"让野鸟把他两个眼珠子都啄掉"，内容似乎越来越走偏。

我其实也没什么资格说别人。自己输入记录的次数都已经数不清了。田所先生应该也是一样吧？就这样，"交接书"的内容日益充实丰富。

总之除非有什么奇迹出现，不然我们就不得不继续饲养公司的这头公猪。至于这头公猪的处境，人事部门认为"总而言之对公司的利益没有什么太大的影响，所以不用管了"。更有甚者，把人事部门判断为"还算可用，但就算派不上用场了也不可惜"的人员派过去，然后从旁持续观察吧。这里简直就是被舍弃者的最终坟场。

只要公司这样对待佐藤，就算跑到劳动局去抗议，把他骂人的录音当证据起诉也毫无用处，只能落得丢饭碗的下场。

我眼下——还没有这样的勇气。

要问为什么，因为我还是没办法不抱着一丝期待。

因为等顺利生完孩子，育儿也告一段落，我还想再度投入全职工作。

公司也可能再度把我调回主要部门也说不定。策划部的工作虽然很辛苦，但是做起来很有成就感。

其实这份社内杂志的工作也是这样。现在虽然是这种状况，但能给在同一家公司工作的同事提供有利的情报，其实非常有意思。即便不是什么重要的工作也一样。以现况来看不可能做什么大事，但要是以后佐藤不知怎的能调职离开的话情况就又不一样了，到时候可以凭着自己的决断，做各种各样想做的策划……

总有到那一天的时候。

这黑白的日常，或许能有变成五彩斑斓的一天也未可知。

田所先生和村上小哥心里在想什么我不清楚，也不知道他们在来这个部门之前经历了什么，但一定跟我差不多吧。

只要还身为大公司里的小齿轮，不管是什么理由还在使用生锈的零件，就一定会在哪里出问题的。因为公司的运作都是齿轮合作运转的结果，出了问题必定有人要倒霉。

没有任何人意识到这一点，直到自己成为那个出了问题的部分。然而这是公司在每日正常营运的过程中无法避免的事情——必要的牺牲。

所以我们一边忍耐着各种不合理的待遇，一边暗自希望有一天自己能脱离苦海。每一天都像没有尽头的地狱之旅，我们只能被消费、被消化。

想逃离。这是心里唯一的寄托。

"这要持续到什么时候啊？"

我一边切着淋上芥末酱的烤猪排，一边喃喃自语。田所先生和村上小哥同时朝这里看过来。

"那家伙，要在公司待到什么时候啊？"

"交接书"到底要累积到几百万、几十亿字节，他才能从这里消失呢？

"要是没有他就好了啊！"

说起来容易——但那家伙八成会在这里待到退休吧。

这里是公司的墓地，公猪的最终归属吧。我偷偷地笑起来，另外两人也同意："都已经到现在这个地步了啊！""我也每天都这么想。"

我不经意地瞥向窗外，在地面热气蒸腾的灰色街景中，只有镇守神社的绿意摇曳晃动。

对了。在这家咖啡店，能看见那座神社啊！搞不好，开始记录"交接书"的历代前辈们，也从办公室垂眼望向同一座神社，在心中暗自祈愿也未可知。

希望不是自己离开，就是佐藤消失。希望能用某种方法，结束这抑郁的一天又一天。

"孕妇产检？相马，怎么又来了！"

那天我又一边听着公猪怒吼，一边极力忍住面颊的痉挛。

"女人就是好命啊！只要生个小孩就能轻轻松松地工作。啊啊，我也好想休产假哦！！况且还能因为产检理所当然地早退，是吧？这日子也过得太轻松了吧！"

"对不起……真的给您添麻烦了。我因为有严重的静脉曲张，所以医生告诫我说要频繁地去妇产科检查，要不然可能会出什么问题。"

其实昨天我也附上了亲子记事本的影印本，跟你报告过了……我心里这么补充说明。佐藤的表情明显地扭曲了。他的表情让我联想到在微波炉里加热过度，皱成一团的肉包子。

"我早就说过了烦不烦啊你！！"

到底是什么地方惹到他了，肉包子突然大声吼叫起来。

"这种无聊的事情，不要一天到晚说个不停。你这个女人就是自我意识过剩，恶心死了。你想被调到乡下地方去吗？！光是仗着自己孕妇的身份，堂而皇之地给公司添麻烦就已经够了，现在还性骚扰啊！"

这种话轮不到你来说！我咽下几乎脱口而出的台

词时,他还追加了一句:"去搞你的什么健康检查吧,去把两条大腿张开给人家看呀!"你说这种话才是性骚扰好吧!

我忍住要叹气的冲动,低头行礼,回到自己的座位上。

咕噜咕噜,哼哼唧唧。

佐藤说的话全部都是猪叫、猪叫、猪……

啊——不行了。

虽然想要靠自我催眠安慰自己,但在心底累积沉淀的厌恶感无论如何都无法消除。虽然早就知道不要期待跟他能说得通,但每次都觉得"欸,到这个地步也太过分了",这样修正下限。恫吓这种事情,总之就是不由分说地让人畏缩的。不管内容是什么,只要污言秽语、大声咆哮就可以了。

然后我发觉难以言喻的不快感,早在来上班之前就存在了。

最近渐渐变大的肚子压迫着内脏,工作的时候当然难受,就连上下班通勤的过程也很辛苦。不仅激素不平衡,心理健康也岌岌可危。

通常丈夫回家时已经非常晚了。他累了一天回来，我不可能要他做任何事情。结果家事也全部由我负责，虽然这也是无可奈何。

但是，比方说——洗衣机开始运转之后，我才发现扔在房间角落的袜子；半夜睡眠不足摇摇晃晃地走到厨房喝水，看见餐桌上只把食物吃完什么都没收拾的餐具碗筷的时候。

啊啊，心里就会这么想。

从喉咙深处溢出的叹息，连空气都没有振动，只静静地堆积在心底的那种感觉。嘴里泛开的苦涩味道……

不对，不是这样的。

我在想什么呢？这跟工作完全没有关系。真的，一切都乱套了。不管怎么想，都没有意义……

我一瞬间闭上眼睛，想把多余的思绪从脑袋里赶出去，但各种念头萦绕不去，我的努力以失败告终。

"……既然怀上了也无可奈何。不过怎么刚好就碰上这个时候呢？"之前的部门我一直非常尊敬的课长的声音，在耳朵深处响起。

当时感觉到的虚脱感。我的小孩，对他来说，也就是对公司来说是"没办法的事情",而且"碰上这个时候"非常不方便。像死神的镰刀一样挥下来让你认清现实。不,即便如此……一定要刻意让我知道的意义在哪里呢?

"仗着自己孕妇的身份,堂而皇之地给公司添麻烦。"

我在反刍佐藤的话。

他的那句话以公司的立场来说,一点都没有错。正因如此让人如鲠在喉……好痛。

到处去给人下跪道歉,每天都被上司痛骂。佐藤的夸夸而谈,就算只有一丁点儿正确,我都不愿意承认。因为,分明是他不对啊!就算我有错,跟他比起来根本不算什么不是吗……

真是,冷静一点吧。

真的。

一波接一波不断涌现的不悦,让我的脑袋好像要烧坏了。我想冷却一下,但这么一想发现办公室的空调本来就是坏的啊……之前就已经跟总务课提出修缮的要求,但一直无人处理。

因此，困在跟桑拿房一样的办公室里，头上的汗犹如大珠小珠落玉盘。我因为怀孕的关系，衣服不能穿得太轻薄，腹部本来就温度高，结果就更热了。就算用冷冻的瓶装水和自己带的小风扇对抗热度，在盛夏的东京，其效果就像手动把冰块扔进燃烧的熔炉里一样。脑子都快要融化了。老旧的建筑连电梯也没有，爬上四楼办公室就已经是重度劳动了。

不对，等一下。

等等，这样对待我们，是不是有点太过分了啊？公司的各位大人们，至少整顿一下劳动环境啊……

无处可宣泄的愤怒、失落在腹中翻腾。在干涩的笑声震动声带前，用吞咽的口水压下去。发出咕噜的奇妙声响。

无论如何，最近输入的一直是村上小哥，这次轮到我打开"交接书"了。

我一边搔着刘海，一边用指尖输入密码。打开的档案最后一行是"把那只性骚扰的猪头变成烤猪，送到附近的咖啡厅去卖"——我突然停下了手。

引起我注意的是前一条留言。

首先引人注目的是字的颜色。红色。内容形式也跟之前大相径庭。平常的话都是先打一个"●",紧接着是条列式的幻想酷刑。

先只有一行,两个字。

"预言"。

然后换行,再三个字。

"掉钱包"。

"咦?"

我不由得讶异出声。

我慌忙掩住嘴,幸好佐藤好像没有注意到,那张满是胡楂的肮脏胖脸完全没有转向这边的意思。

我偷偷呼出一口气,再度望向那几个字。"预言""掉钱包"——不管看几次都是这样。

"相马小姐,怎么啦?"

趁着佐藤没注意这边,田所先生悄悄地问我。我闷声说:"没什么……"只回答,"我看了那个档案。"

望着那简单明了,而且毫不客气的平假名,我的胸口似乎渐渐轻松起来了。

但是,掉钱包啊。嗯。

以最近的内容来说算很平淡，但是会慢慢变得有点意思……

这是村上人柱的手笔吗？昨天他也被欺负得很惨。

我把头倾向一边，关掉"交接书"的档案。然后那天我再也没想起档案的事了。

*

"啊——真是够了！"

第二天早上，跟平常一样堂而皇之过了上班时间才进来，跟平常不一样踢门大叫的佐藤，让我们坐在自己位子上面面相觑。

是不是该问一下怎么了呢？但是，没有人想主动去搭话，谁去问呢？是要剪刀石头布还是抽签呢……我们三个偷偷用眼神交流，还没人开口相询的时候，佐藤就自己暴露了。

"我的钱包！被谁偷了！妈的该死！要是今天找不到，就把犯人给宰了！"

在那之后，根据他叫嚣的内容，应该是今天早上搭电车来上班的途中把钱包弄丢了。里面有不少钱不说，钱包本身好像是有名的高级品牌。"绝对是扒手！一定不能就这样算了！"佐藤满面通红，吼了不知多少次。

发生了这种事竟然还有心情来上班，这也真是稀奇了。然而他的交通卡也放在钱包里面，要回头也回不去。原来如此。

……钱包。

听到这个词的瞬间，我立刻想起了那个"预言"。

没想到，真的丢了啊！

太厉害了。虽然不知道昨天输入的人是谁，但我做梦也没想到预言竟然真的会成真。

这么说来，到底是谁输入的呢？

我觉得有点汗毛直竖。不不，追究这些无谓的事情没什么意义。基本上"交接书"就是匿名的，也就是说，绝对不追究到底是什么人的抱怨。反正不是田所先生，就是村上小哥喽。

"所以你们谁借我一万日元？现在我身上一毛钱都没有，信用卡也全部都停用了。"

佐藤耷着肩膀走到我们旁边来，突然伸出毛茸茸的手。我还来不及害怕，田所先生就一言不发地从钱包里拿出一万日元钞票递给他。佐藤像抢似的夺了过去。不道谢就罢了，还咂嘴呢！

更有甚者，他说的"借"，就等于是"给"。我在心中提醒自己中午休息时得帮田所先生募捐一下，接着就埋头处理自己负责的报道工作。这个《本公司期待的新人》专栏，是访问各个部门的新人，让他们阐述自己对工作的抱负和热情。还不知道职场险恶，光鲜亮丽的新人说的话，对渐渐失去信念的老员工而言，实在有点太过耀眼了。

我终于写完初稿，接下来让佐藤确认就好，但从早上他的样子来看，明显心情很差。不用说，他一定会借机迁怒发泄，叫我重写。啊啊，真难开口。但是，待会儿马上要开会了，客观来看时机就只有现在。

迟疑半晌的结果，我还是打开了"交接书"的档案，逃避现实。

"……？"

我一层一层地打开档案，把鼠标停在目标档案上时，停下了手。我眨了眨眼睛。

今天大家都很忌惮佐藤，还没有人主动去跟他说过话。所以应该没有任何更新才对。因为没有可以抱怨的素材。

但是，档案更新的时刻，是几分钟之前。

……嗯？会是什么呢？预言的人是不是写了"竟然被我说中吓了一大跳"之类的话呢？要不也可能是"活该"之类的。

我瞥向田所先生和村上的方向，他们都对着自己的电脑，头都没抬。到底是谁刚刚更新了"交接书"，完全看不出来。

我把头倾向一边，打开了档案。

果然，有新增的内容。

但是留言跟我想象中完全不一样。

"预言"。

又来了。

空了两行，追加了红色的文字。重要的是内容。

"从楼梯上跌下去"。

从弄丢钱包这种精神攻击，转向物理攻击了啊！

顺便一提，我们这栋楼的楼梯还蛮陡的。每层楼的楼梯到楼梯平台之间也不短,要是跌下去不仅会很痛,还可能会有性命危险。这预言也太直白残酷了。

我不由得露出扭曲的微笑。"交接书"从不久之前任凭大家轮流发挥的幻想,渐渐变成带有现实意味的内容,确实有趣。

——虽然上面写的事情竟然真的实现了一次,让人有点不安,不想正视。

喏,你们两位啊。

这是……谁写的呢?

我再度偷偷瞥向田所先生和村上小哥,但他们仍旧没有注意到我。

*

"欸?那个,不是相马小姐你写的吗?"

那天午休的时候,我们又去那家咖啡店开午餐会议——田所先生讶异的声音让我皱起眉头。

"啊?!不是我,我还以为一定是村上呢……"

"我……我吗?!不是不是,我昨天连档案都没有打开过啊！"

"哎哟，这样说来我也没打开呀。"

询问之后发现，昨天我关闭档案后，到今天开启之前，村上小哥出去采访，田所先生到别的部门去开会，没人留在办公室里。佐藤忙着抽烟没看电脑，况且他也不可能参与这个档案的编辑。最后保存档案的时间也并没看错……

"相马小姐昨天不是被骂猪什么什么的吗？所以我以为一定是泄愤吧……但是，确实字是红色的，还是平假名，跟你的风格倒是不一样。"

"不，真的不是我啊！既然这样，那就是……是系统错误？"

"怎么可能？系统错误还会自动添加内容啊？算了，没关系。'交接书'的规矩本来就是不追究什么人写了什么内容。不要在意了吧！"

田所先生这么说，这个话题就到此为止了。

但还是……没错啦。

这两人里不知是哪一位，不知是何用意，写下那样的内容，都无所谓了。觉得最不舒服的，可能就是竟然预测中了佐藤今日遭遇的那个人吧。

我觉得有点不自在，停下了切着淋了酱汁的炸猪排的手，不经意地望向窗外。

那座神社的镇社森林，今日也仍旧在酷热的都市中静静地渗出深绿色泽。

*

然而，当天并不是就这样结束的。

为了不引起佐藤的注意，我们都是分别回办公室的。又因为要爬四层楼，通常都是村上小哥最先回去。田所先生人很好，他说："要是出什么事就不好了。"所以总是跟在我后面不远的地方。

今天我们也按照这样的顺序离开咖啡厅，在午休结束之前回办公室。我一手托着隆起的腹部，另一手抓着楼梯扶手，慢慢往上爬的时候，突然听到刺耳的惨叫。

"哇呀呀呀啊！"

接着是砰咚一声，仿佛什么重物落地的声响从上面那层楼传来。

刚刚的声音——是佐藤？

"怎么啦？！"

虽然我很难快速爬上去，但还是尽量赶紧上去，看见佐藤蹲在楼梯平台上，正揉着自己的小腿。"妈的，痛死了……"

佐藤咬牙抖了一阵，然后涨红了脸口沫横飞地大吼。

"……是谁！谁把我推下来的！！"

"欸？"

"相马！是你吗？！"

他简直像是要扑上来一样气势汹汹地逼问我，我不由得护住肚子往后退了一步。

"不，不是！我是从楼下上来的！怎么可能推你呢！"

"什么？！开玩笑，我根本没看见你上来！"

"不不不，是真的。我跟在相马小姐后面爬上楼梯的，不可能搞错！"

赶上来的田所先生挡在我和佐藤的中间，帮我解释。

"真的吗？！"

"当然啊，为什么要说谎呢？我可以发誓。这么说来……欸？佐藤主任，是被推下来的吗？"

听见田所先生讶异地询问，佐藤吼得更大声了。

"对啊！我正要下楼的时候，突然有人推我的背后！妈的到底是谁！！报警去！这可是犯罪啊！混蛋！混蛋！混蛋！！"

同样听见骚动赶来的村上小哥也"咦"了一声，惊讶不安地四下张望。我们面面相觑。

"啊，总之先去医院看看……"

我嗫嗫嚅嚅地提议。佐藤的脚看起来非但位置完全正常，甚至连肿大的痕迹都没有。但是他非常夸张地扭着身体。

"当然要去！！怎么能这样就算了。我要回家！啊啊，好痛……今天到底是怎么回事！才丢了钱包，现在又这样。偶然的话，也太倒霉了吧！！"

……偶然，倒霉啊。

这楼梯台阶段差很大，而且很长；要是不幸摔断了脖子，那可就糟糕了。可能算是不幸中的大幸吧……没受什么严重的伤,真是太好了……吧?

"那就这样,喂村上,我要去医院,借我医药费,两万日元。"

"欸?!两……两万吗……?!"

"哎哟,又不是叫你给我,是借我啊!你的上司有困难!平常一直受人照顾,这种时候应该自发地拿出几万的钞票才是部下的做法吧!"

我看着佐藤口沫横飞地逼迫村上小哥,突然感到一阵寒意,想起了一件事。

——预言。从楼梯上跌下去。

"交接书"里的句子果然在脑中浮现。

这样一来,"预言"就两次都中了。更有甚者,"从楼梯上跌下去",佐藤的话要是没错的话,是有人推了他。

我不由得想到田所先生和村上小哥。

要是这两人其中一人推了他的话……

但是,这是不可能的。我立刻摇头。

要把人在楼上的佐藤推下来,那必须比我先上楼才行。

至少上楼的时候,田所先生跟在我的后面,所以不可能是他。

既然如此，那就是先上楼的村上小哥了？不，虽然最近对佐藤最不满的就是他，但也不至于吧？但是最近他输入的内容确实很过火……不……不，还是不会吧……

脑子里一开始有这些念头就停不下来，结果就是我没办法正眼看着村上小哥。不仅如此，不知怎的好像觉得他的视线一直望向这里，让人不由得心生惧意。

推他下去的，是你吗？

是不是该看看情况，找机会好好问个清楚呢？

然而，问了又能如何呢？

这个部门，同事之间的感情都很好。上司跟工作都恶劣到极点，但至少同事间相处愉快。要打破这种关系，让人十分不安。要是村上小哥说"对，就是我"的话，那我今后要怎样跟他相处才好呢……

我手心里都是汗，指尖发冷。分明办公室里冷气一点都不冷的。

我匆匆扫了四周一眼，结果还是打开了共享档案夹，搜寻"交接书"。

档案当然还在原处，并没有改变。

不，说没有改变是语病。档案的更新时刻，是几分钟以前。

怦咚，我感觉心脏猛地跳动，偷偷地吞咽了一下。

我下定决心，鼠标双击点开了档案。

果不其然——跟我料想的一样，又是红色字体写着"预言"。

"钢筋会坠落"。

"……！！"

我倒抽了一口气，盯着那一行字。

——钢筋会坠落。

无论看多少遍，内容都一样。

佐藤就这样早退了，"猪圈"里没有他的踪影。

*

那一天。

在下班之前，我一直都惴惴不安。

不可能真的那么夸张吧！我一方面想一笑置之，但到现在已经两次了……另一方面又觉得有些害怕。

更有甚者，反抗无效，村上小哥还是给了佐藤两万日元。早上的一万日元据说不知道到哪里去了。我因为处于怀孕期，工作时间可以缩短，就把募捐赞助的钱交给村上小哥，然后在下班时间前一小时就迅速起身，尽量垂着视线朝门口走去。可能是我多心了吧，但我没法摆脱他们俩的视线仿佛一直紧紧盯着我背影的感觉。

我瞥了红色的鸟居一眼，从神社前面走过，急急赶向车站。佐藤说了要去公司附近的医院检查，所以若是要回家的话，就一定得来车站，无论如何我们都走同一条路。

我也不知道为什么自己会有被人追赶的错觉。

虽然现在还没有到胎动的阶段，但我肚子里的孩子好像也在发热，仿佛是在诉说不安。"妈妈，你还好吗？"我用手抚摸腹部，低下头在心中回答这无声的询问。对不起啊，我没事的。没事的。

终于走到能看见车站台阶的地方时，发现路边聚集了好多人，我睁大了眼睛。刚好最近在建新大楼，工地就在附近。

发生了什么事啊？

我心中有不祥的预感，走近人群窥探了一下，听到建设公司的员工们表情严肃地在讨论事情的声音。人群中还有穿着警察制服的人。

那个年轻的警察站在那里忙碌地进行调查，问了像现场监工的人许多问题。

"所以，这真的是意外？"

"啊，是的。我都叫那些年轻人要小心了，应该是固定好的……在这之前都没有出过这种事情……"

"但是现在确实发生了。真是的，幸好没有人受伤，要是再差一点真不知会变成什么样子。以后一定要小心啊……"

对话的内容让我想起了不吉利的事情。

发生了什么？意……意外？

我忍住突然从脚底蹿起的寒意，焦躁不耐地像长颈鹿一样，探头窥看人群中心。

"啊——"

我不由得惊呼出声，慌忙掩住嘴。周围的人纷纷瞥向我这边，但好像只是以为我被意外吓到的样子，很快就失去兴趣转开了视线。

但是我惊呼的理由当然不是这个。我呆呆地站在原地动弹不得。

因为从人行道到车道上——有一根巨大的钢筋像是要嵌入柏油一样，横亘在前。

一看就知道是从上面的建筑工地掉下来的。

*

"你们听我说！昨天啊，从医院出来要去车站的时候，建筑工地的钢筋掉下来了，就像漫画一样惊险。"

虽然从楼梯上跌下去，但似乎没受什么伤的样子。

佐藤第二天若无其事地来到办公室，忍不住跟大家夸夸而谈自己昨天的经历；我一边听着他的声音，一边忍耐着坐立不安的焦躁感。

没想到，钢筋……真的会掉下来。没人受伤，真是太好了。要是砸到了人，后果不堪设想……

终于到了笑不出来的地步。

这让我非常介意。那个"预言"，到底是谁输入的呢？

既然不是我，那就是田所先生或是村上了，然而他们听说佐藤跌下楼梯跟钢筋掉下来的事情，也只是露出正常的惊讶，并没有"自己写的诅咒竟然真的成真了？！"的神情。

我虽然有想分别问他们俩"你们看了'交接书'吗？那是不是你……"的冲动，却只能极力忍住。我顾虑着"不追究内容"的不成文规矩，不好出口相询。

到头来，这真的是"偶然"发生的意外吗？

毕竟佐藤都说了，他是"被人推下"楼梯的。

比方说……对，比方说。

趁着月黑风高，溜进建筑工地里，在一根钢筋上动手脚，让它能在过了一定的时间之后坠落，然后把佐藤从楼梯上推下去，让他受点轻伤，从医院到车站的途中，他刚好经过建筑工地时让钢筋落下。

不不不，这种像推理小说一样的情节，不可能真办得到吧？

要是真办得到的话，那果然还是村上——

啊啊，等一下。

我在想什么呢？真是的。不会有这种事啊！

怀孕期间容易情绪不稳定，所以才会有这种荒唐的想法吗？不不不，真的，不会的……但是，这……

脑袋里好像养着一只静不下来的仓鼠，白费力气兜着圈子思考，我不由得叹了一口气。"交接书"应该一如既往，静静地在原处等待谁来打开。但是我实在没有想打开共有档案的欲望。

因为要是打开的话——又有新出现的红色文字可怎么办呢？

然后，又是那全是平假名的文字冷酷地写着"失败啦"之类的可怎么办呢？

我的指尖像碰到冰块一样，我抱住自己，仿佛这样就可以阻止从背上蹿起的寒意。

不要想太多最好。跟我没关系，完全没关系。

但是，越想把这一切都当成偶然抛到脑后，心里就越放不下那个档案。

我终究还是败给了诱惑，打开了那个档案。

我眯着眼睛，心惊胆战地看着更新时间。

——仍旧是跟昨天一样的时间。

看起来,那个红色字体的"预言"——我猜想多半是村上小哥的手笔——今天好像没有新增。

我仿佛浑身脱力一般松了一口气,颓然靠向椅背。

……即便如此,还是让人毛骨悚然。我皱起眉头,盯着"交接书"最新的那一行红色文字。最近出现了"预言"之后,就没有别人新增过咒骂的内容——这话说起来怪怪的,因为本来也就只有我们三个人。不知怎的就觉得很难下笔。

我略微移开视线,在"预言"之前的都是毫不出奇的黑色文字。这么说来,最初的"预言"出现之后,是我想输入"要把佐藤做成烤肉"的抱怨,才打开档案的。

我的太阳穴隐隐作痛,脸都皱起来了。

这么想来——

"交接书"这个档案,实在太方便了。

在公司每天承受着佐藤的职权骚扰和怀孕歧视,我都用"交接书"当发泄的途径。然而其实不止于此。

之前的部门给我的评价让我不服。这次调职,以及周围同事对我的态度让我心境复杂,还有怀孕的压力。然后,对丈夫日益增长的不满。

就是这些微小却无处发泄，在心中日积月累的恶意，全部都转化为"一切都是佐藤的错"而发泄出来，"交接书"实在是再合适不过了。

然后就是我们相处和睦的同事——不对，同事之间的同舟共济感，确实因为咒骂、发泄不满的行为而增强了。毫不客气地直说"那家伙真是讨人厌""真的不需要他"，或是"受不了，干脆干掉他吧"。多亏共有这种痛快的恶意，我们才能其乐融融。

直接点燃炸药的确实是佐藤。但是，是什么让导火线缩短的呢？真的只有佐藤吗？

——回过神来，我已经把"预言"开头的那串文字用鼠标标注起来，然后按下删除键。

咔嚓。键盘的声音听起来异常地清晰。

那些"预言"当然立刻就消失了。档案上跟以前一样，只剩下黑色的文字内容。

我按下保存按钮，不由得呼出一口自己没意识到一直在屏住的气息。

对输入的人不好意思了。

但是，这样下去的话，感觉我们大家累积的微小恶意，好像总有一天真的会害死人。这当然是我毫无根据的妄想……

突然之间——

嘟嘟嘟，我放在上衣口袋里的手机振动起来。我把头倾向一边。

拿出手机，打开屏幕，看见有新的消息。见惯的夏威夷结婚旅行风景照片壁纸的正中央，浮现的通知文字栏，让我心脏猛烈地跳动起来。

"不要删除啊"。

——砰咚。

手机掉在地上的声音出乎意料地大，我生生咽下惊呼。

……欸？

这是，什么？

等……等一下啊！

我难以置信地垂眼盯着掉在脚边的手机。

……不，这是偶然。我还没来得及看清楚发信人的姓名。可能只是哪个朋友因为别的事情传来的消息而已。

虽然这么想着，但我无法抑制从背后冒出一直延伸到发际的大片冷汗。总是拿在手中把玩的手机，现在我连用指尖碰到都觉得反感。

"哎哟！好结实的手机啊！声音很响亮哦？没摔坏吧？"

刚好在旁边的田所先生弯腰替我捡起了手机。"啊，谢谢……"没办法，我只好用颤抖的手把手机接过来。

因为已经过了一段时间，手机屏幕现在是黑的。我忐忑地按下电源键，亮起的画面上什么都没有。

看……看错了，吗？

我带着讶异，不经意地——真的是不经意地，把视线转回电脑屏幕。

"呀！"

这次我真的发出了惊叫。

屏幕上显示的是——应该已经被我删除的红色文字。

一切都像是没发生过似的，回到了原状。"好好看清楚呀"，仿佛有人在我耳边这么低语。

这是怎么回事？我删除了，还是我只是打算要删除但没删除？我的确按下了保存键，难道是错觉吗？

不可能的。因为我缩小视窗，看了更新时刻，是一分钟以前。我保存档案是在那之前。这个文书处理软件并没有自动保存的功能。但是，我并没有关掉，档案就这样一直开着。除了我之外没有人打开的档案，是谁输入了新的内容呢？

我的汗腺开始全力运作，冰冷的水滴像瀑布一样滑下我的皮肤。我按住胸口衣服下猛烈跳动的心脏，尝试平复像是被掐住气管一样慌乱的呼吸。但是，一点用都没有。

"相马小姐，身体不舒服吗？……你没事吧？"

我的脸色应该坏到别人都看得出来的地步了。田所先生皱起粗眉，望着我的脸。

"不要勉强啊！这几天应该也没有什么特别操劳的事情……不过，最近我们难得负责了一个大策划，可能会有点紧张，但也差不多要收尾啦。"

"谢……谢谢……我没事的。"

我听着他关切的声音，抚着胸口微笑回答。有人关心让人倍觉温暖，终于能自然地微笑起来。

"那个，相马小姐……"

我发现村上小哥也正看向这里，好像有话要说。

"嗯？有……有什么事吗？"

我略微尴尬地对他微笑，村上小哥不知怎的却好像受惊了似的往后退。

"欸……不好意思，中午休息的时候，我有话想说，田所先生也一起好吗？"

他犹豫不决地偷偷跟我们小声地说。我望向佐藤，很难得地他似乎并没有发现我们正在说悄悄话。平常只要发现跟他有关的话题，耳朵都尖得要命，会立刻大吼："你们在说什么？！"

总而言之，村上小哥有话要跟我们说。

——搞不好，是要跟我们坦白那些"预言"是他干的吧？

"……啊，好的。"

"嗯，我也可以。"

我一边平复心跳，一边跟田所先生一起轻轻地对村上小哥点头。

瞥向墙上的时钟，离中午休息时间还有两个小时。

接下来就是照常工作，等待午休时间到来而已——

本来应该是这样的。

"喂,田所,你过来一下。相马跟村上也过来。"

公猪的号叫就在此时响起。

于是——完全出乎意料的漫长的两小时就开始了。

*

啊啊——实在太凄惨了。

就在午休的铃声马上就要响起的时候,我们垂头丧气地回到自己的位子上。完全不想回忆起这两个小时是怎么过的。

首先,已经定案的某个策划,公猪突然提出了反对意见。这个大型策划的内容和其他部门的协调业务都已经决定了,对我们社内杂志来说很难得,上级部门还下达了各种各样的指令。

在这最冷门的部门,对今后的仕途并没有任何的影响——然而佐藤却毫无意义地振奋起来,突然之间把已经决定好所有细节的大策划全部推翻。

只是为了他的自我满足,我们就得毫无意义地全部重来。

"这是什么垃圾内容,上级怎么可能满意啊!重做重做。真是的,我不说话让你们搞,就给我这样偷懒,当然全部给我从头来!!"

佐藤唾沫横飞地瞪着我们,滔滔不绝。最近连续发生的不幸意外让他充满郁愤,借此发泄出来,简直无理到了极点。我们不仅没有午休,连之前做的所有工作都化为泡影。

"请等一下。这样的话,进度完全赶不上啊!策划内容本身还有跟其他部门的合作,都已经定案了的,我们这里随便说要更改实在不太好。"

田所先生突如其来的反驳,看来彻底刺激了这家伙的虐待狂本性。

"这种事情,难道不是你们这些连工作都做不好的家伙要负责的吗!!爬过去跟人家跪下哭着道歉,到他们原谅为止!"

在他大声斥骂之后,等待我们的果然还是惯例的"谢罪之旅"。

而且这次完全不是我们的错。他凭着自己独断的偏见，要我们为不存在的错误去道歉。

"非常对不起大家，全部都是我们的错，给公司和各位同事添了麻烦……"

特别是策划正在如火如荼地进行中，大家本来就已经很忙了，还要离开办公室跑到总公司，到相关部门去拜访，然后低头大声道歉。

而且我们三个人的谢罪之旅，佐藤还一边咂嘴，一边远远地跟在后面，事不关己地监视着我们。但是，我们在他小声指示"行了"之前，连头都不能抬起来。

不光是这样，不知怎的——真的完全不知道是为了什么——谢罪之旅在出发之前，是不允许我们先跟要去造访的部门约时间的。

因此我们当着突然得到突击拜访而困惑不已的各部门同事的面，在众人"这是在干吗啊"的困惑视线下，不断地反复道歉。

"咦？这是干吗？"

"那个，社内杂志的。"

"啊，又来啦。"

听到我们四周窃窃私语的失笑声，我的脸红了起来。不是,这我也明白的。要是立场颠倒的话,我也只能说同样的话。

我腹部的肌肉不由自主地绷紧,体温上升,发际渗出了汗水。

最近稍微走动一下就感觉很辛苦。但是我这么说的时候,他断然驳回:"成天都要去产检已经够可恶的了,还要听你任性地抱怨?又不是生病,不要用你身体怎样了当借口。给人家添了麻烦,就应该直接道歉不是吗!"在公猪手下做事,真的太艰难了啊……

就这样,几乎整个上午都耗在谢罪之旅上,再回到办公室的时候,我们三个人全都面色灰败。

浑身无力的感觉不是开玩笑的。脸上的肌肉也完全没了力气,自己现在的表情跟能剧的面具差不多吧。

……搞什么啊?

不仅什么工作都没完成,半天的时间就这样烟消云散。那件重要的策划要从头开始做的话,分明一分一秒都不能浪费的。更别提完全是因为欲加之罪,而不得不去道歉。

这件事,公猪没有一丝一毫的正确可言。

要是我们犯的错，那还能够忍耐着去各处道歉，但这个样子，实在是……

公猪的蛮横无理——我想我们三个，都已经疲累到极点了。

不管是谁，打开"交接书"几乎都是下意识的动作。

对徒劳之举无处发泄的憎恨，当然还有对公猪个人的怒火，以及这次正义确实站在我方的义愤全部加起来，成了乱七八糟混在一起的炽热。完全无法控制的汹涌澎湃的情绪波涛，只想找个地方发泄。我郁闷地想打开那个档案的时候，却跳出"其他人正在使用，无法开启"的提醒。

拜托，快点吧。快点，让我编辑。

就像要拉肚子时排队等上厕所的心境一般，堆积在胸口的黑暗急需宣泄的出口，我用食指不耐地敲打着桌面。

终于能打开档案的时候，上面已经添加了另外两人的心声。见惯的以"●"开头的条文，只有形式冷静，令人不禁失笑。

"你他妈的不配有人权！垃圾王八蛋公猪，出个意外把脑袋都撞得血花四溅不成人形！干脆被宰了算了！被刺杀算了！回家路上被杀人魔乱刀刺死算了！被削成肉片吧！死吧！死吧死吧死吧死吧死吧死吧死吧死吧屎吧！"

毫无章法地乱打"死吧"，这应该是村上人柱的手笔。最后这一句激动得输入错误。

"真的累了啊。全部都无所谓了。真希望他明天开始就不来公司……"

接着是田所军曹输入的冷静但确切的期望。为了维持人设，不知怎的连文字也带了关西腔，有点怪异又不合时宜。匿名根本毫无意义。

两人发泄的怒火让我稍微觉得好过了一些。说得好，我半是同意，半是料想到刚才决定的紧急午餐会议，可能会偏离本来的主题，转而讨论这件事了。终于轮到我输入，我也发泄了自己心中的思绪。

"真的，谁把他干掉吧。今晚就行。希望是被刺死的。（笑）。"

可能是昨晚我肚子不舒服一夜没睡好的关系——随着心里所想写下的字句，比以往都要激烈。

然而，就打了这么一句话，我就像摆脱了重负一般轻松了起来。我按下保存键关掉档案。用鼠标点掉档案上红色的"×"时，不由得呼出一口气。

"喂，你叹什么气？啊？"

"没……没有。"

佐藤的声音在身后响起，我吓了一大跳。

"你是想抱怨吗？要是你们一开始就好好干，我也不用说些自己不愿意说的话好吧！你们这些垃圾。"

"啊，不是……我没有……"

"那就不要叹什么气，快点干活。烦死了。"

幸好，他没看到画面。佐藤好像只是要上个厕所，骂完人之后还咂了嘴，然后迈着罗圈腿走出办公室。

"……"

啊，好危险……

我斜眼确认他的背影完全消失，然后不知怎的又把档案打开来看。刚才突然关掉的，是不是保存好了呢？其实只不过写了一句话而已无所谓的……我心里这么想着，但眼前却出现了红色的文字。

新增的一行，是用平假名写的。

"放心吧"。

只有这样。

——我打了个寒噤。

仿佛有无数只冰冷的手抚过我的后背。

我倒抽一口气,瞪着那一行字。

我关掉档案,然后又打开。

不管看多少次都一样。

"放心吧"。

简单的三个字。

放心?放什么心?用不着确认,因为在此之前,就是我们三个在冲动下发泄的对佐藤的憎恨。

不对,不是这么不痛不痒的东西。

我们打心底希望有人马上把佐藤宰了,胡乱书写的文字——

叮咚、叮当。

就在此刻,中午休息的铃声像是要把空间撬开一样响起,我吐出了自己一直屏住的气息。

心脏狂跳不已,咚咚地震动着耳膜——我分明没有运动。

然后突然有人把手放在我肩膀上。我不由得畏缩了一下。

"……去吃午饭吧！刚好公猪也不在。"

我转过头，看见脸色怪异的田所先生。可能是我的心理作用吧，他后面站着的村上小哥，脸色也很苍白。

*

走向平常去的那家咖啡厅途中，我一直在想该怎么跟村上小哥开口。

当然，要问他的问题早就决定了。

钱包、楼梯，还有……钢筋。不是你做的吧？

刚才的那三个字也是。不会真的，要杀了他吧？

不是吧？一直都是开玩笑而已吧？没错吧？

但是我没有勇气开口。

刚才我还被同样不合理的愤怒驱使呢。在走向咖啡厅的途中，我们没有人说话。

我们被带到惯常的沙发座位，点了每日定食——今天是猪排饭——然后陷入沉重的沉默中。

怎么办才好呢？我四下张望，环视店内。然后下定决心问村上。尽量努力听起来轻松自如。

"你要跟我们说什么？"

"欸，那个……"

村上小哥好像难以启齿般地低下头。他一直盯着自己放在膝上的拳头，最后终于像突击前的士兵一样，鼓起勇气问了我们。

"那个，不是相马小姐吧？"

"……咦？"

啪嚓。

我觉得自己好像跟这个拟声词一样裂开了。我想问他的话，反而被他先问了。

"啊，欸，那个，也……也不是田……田所先生吧……？对不起，问了奇怪的问题。"

他垂头丧气，好像突然没了自信。我和田所先生瞠目结舌地望着他。

"不好意思……我确认一下，你是指那些红色文字的内容吧？"

"对，对的！'交接书'！打破了不管写什么都不追究的规矩，真的很抱歉，可是……"

"那件事，今天我也想问你。那些预言，会不会是村上你干的呢？……"

田所先生茫然地喃喃道。

"咦？！不，不是我啊！！我以为一定是，相马小姐或者田所先生，你们两人中的谁写的。"

"咦？不，不是我！我以为一定是村上你呢！虽然违背了不成文的规矩——但我觉得实在是有点过分了应该制止一下……"

"当然也不是我啊……这么说来，到底是谁写的呢？"

"这个……"

我不知该怎么回答。

"不是我们三个人写的，那……"

最后开口的是田所先生。

"最后一行，大家都看到了吧？"

"看……看到了。"

我点点头。

简而言之，就是我们下的诅咒："谁来用刀把佐藤刺死吧"，然后那行红色文字回答了我们："放心吧。"

"我，不是我啊！"

这次终于是村上小哥开口。他脸色苍白如纸，还发着抖。

"最近总是出现新的奇怪留言，我也迟疑要不要用那个档案。但……但是……今天真的气昏了头……我也不知道自己为什么会写下那些话。"

"我也是……觉得眼睛都红了，实在忍不住。"

我的声音哽在喉中。我很清楚这只不过是借口。田所先生也脸色难看地点点头。

"我也一样……希望这个人不存在就好了，所以才那样写的。不管用什么方式，也不知道是什么人……要是万一，真的实行了的话……"

今晚，在回家路上的佐藤——

"警……警察。"

村上小哥探出身子，又咳又叫般举起手说道：

"去报警吧！"

"那样也没用吧。警察只会觉得是恶作剧。"

田所先生托着下巴，皱起眉头。

我接着指出，这对我们来说已经是最低限度的自我保护了。

"要是恶作剧能解释过去就好了……那个档案，该怎么解释呢？"

听到我的话，两人都不知如何回答。

因为"交接书"不管怎么看，都像是大家一起合谋的杀人计划啊！

警察看见那份档案，得知至今发生的事情经过的话，会怎么解读这一切信息呢……

首先冷静下来想一想，其实并没有确定真的会发生什么。

"所以……"

我张开嘴，但把想说的话又吞了回去。我被自己的念头吓到了。

所以……所以，什么呢？我要说什么呢？

干脆不要管了吧，之类的。假装没看见吧，这样。接下来当然就是这些话。

就这样袖手旁观吗？……置之不理，真的可以吗？

——佐藤反正只会妨碍我们工作。

为了我们部门所有人，为了公司好，应该趁早除掉这个人才对。

那些红色的留言，虽然不知道是谁所为，但至少看起来不是我们三个人。

就算佐藤发生了什么事，那也是他自作自受，跟我们无关。

因为又不是我们亲自动手。因为还未可知的事情就去惊动警察，反而会引起不必要的疑心，让那头公猪把我们的未来都毁了，这样真的好吗？

我抿住嘴唇，把手放在腹部上。快要出生的，珍贵的新生命。孩子的妈妈卷入莫名其妙的麻烦中，这不好吧……

然而，无论是如害虫般多么恶劣多么糟糕的男人——要是现在视而不见，真的遭遇了什么致命不测的话……

我还有脸面对这个孩子吗？

能够冷酷到对这件事毫无悔意吗？

——就像那样。

多次诅咒他，笑着说他被残酷地宰掉就好了。

更有甚者，其他跟佐藤无关的压力，可能也全部让他背了锅。

要是自己跟那份"交接书"里记录的东西，能扯上一丁半点的关系的话。反正一切都是他的错，所以他死了也是自作自受。我能这样笑着抛到脑后吗？

即便如此，我也不知道该如何是好，完全没有解决的对策。令人沮丧。

"也是。这样相马小姐就别担心，早点回家吧。"

田所先生突然开口，我茫然地眨着眼睛。

"夜深了还在外面逗留，对孩子也不好。"

"欸，但……但是——"

那样不行的不是吗？我回答不出来，只嗫嚅地重复反驳的连接词。但是，田所先生说出了意想不到的提议。

"嗯……我有事情想跟你们商量。今天呢，我跟人柱一起跟踪一下佐藤如何？"

"什么？我吗？！"

村上小哥好像也跟我同样惊讶，他用手指着自己，发出惊愕的声音。

村上小哥瞪大了黑白分明的眼睛，终于冷静下来说："啊……这样或许也不错。"他似乎同意了。

"因为，要是没有发生任何事情的话，那些红字就只是某个人的恶作剧而已。在此之前的种种……虽然太过巧合让人不安，但一定也只是偶然而已。要是真的出了什么事，一定会惊动警察的。"

"就是这样。那就这么决定了。"

他们俩兀自点头，我急忙插嘴说：

"等……等一下，这样的话，那我也要跟着。"

"咦？但是相马小姐你要先下班，一直等到晚上不太好吧……"

"就是啊。虽然我相信不会发生什么事啦……但要是孩子有什么状况就糟糕了啊！"

面对惊讶的两个人，我迟疑地提出了建议：

"确实可能是本末倒置了，但今天就让我在这家咖啡厅消磨时间吧。毕竟要不是三人一起，就没办法真的确定，那些红色的预言到底是不是我们当中的一个人写的不是吗？"

当然，我也想亲眼看见事情的始末。"要是有危险的话，我会先回家的。"我加上一句，两人只好勉强同意我一起去。

*

结果,当天"交接书"没有增添任何新的内容。我下班之后,回到那家咖啡厅,点了一杯杏仁奶茶慢慢地喝着,度过了提早下班的一个小时。

佐藤是那种不管有多少工作没完成,都绝对不加班的类型。他把一切都丢给下属,自己准时走人。

我终于看见那个眼熟的略胖的身影,从灰色老旧的办公楼走出来。他缩着肩膀,穿越路边的梧桐树,在洒落夕阳余晖的街上蹒跚前行。他一离开办公室,看起来就非常渺小。

不知怎的,那个身影让我觉得有些哀愁——以前从未有过的感觉,让我略微困惑。

佐藤是个讨厌的家伙,但说到底也就是这样而已。工作上完全不行,极度不顾虑别人、鄙视别人、践踏别人,借此自爽的家伙。其实只是个非常以自我为中心的,只是个普通的、讨厌的家伙而已。

如果跟他不是上司跟下属的关系，只是住在同一栋公寓的邻居呢？一定只会觉得烦人，然后不予理会就好。

佐藤完全没察觉到在咖啡厅玻璃后窥视的我，好像也没有发现田所先生和村上小哥就跟在他后面不远处。

我等待佐藤经过咖啡厅前面，然后走出开了冷气的室内，和他们俩会合。柏油路上冒起的热气像是要把气管粘住一样，我差点连气都喘不过来。

啪嗒啪嗒。沐浴在夕阳余晖的街上，驼背的男人往前走。我们默默地跟在他后面。太阳下山开始活跃的蝉叽叽地叫起来，巨大的声音仿佛有形体一般，从天而降压迫下来。叽叽，叽叽，叽叽。

"啊！"

我走过镇守神社前，不由得叫了一声。

红色的夕阳，让神社的鸟居色彩更显鲜艳，和天空渲染的蓝色对比起来真是好看。顺着变成同样色泽的步道往前走，拉长的影子慢慢地移动。一步一步，谨慎地保持距离。

突然我觉得好笑起来。

真是的，三个成年人……这是在干什么啊？幸好周围没有别人。没有人质疑这个"业余团队"为什么鬼鬼祟祟地跟踪一个人。

但是走过神社，就是钢筋坠落的工地现场，那里用白色的隔板墙围住。正在搭建的好像是公寓大楼，安全通道很窄，距离又很长，没有藏身之处。只要佐藤回个头，就完蛋了。

可能是因为我紧张，隔板墙上每隔一段距离就贴着的戴着黄色安全帽低头致歉的男性图案，虚伪的模样让我感到前所未有地毛骨悚然。

"我们要跟到哪里呢？马上就要到车站了。要一起搭电车吗？"

"这个嘛……"

我们小声交谈的时候——嘟嘟嘟——我包包的口袋振动起来，吓了我一跳。

我的手机收到了来电。竟然在这个时候！

"相……相马小姐！把……把电源关掉啊！"

村上小哥也吓到了，低声提出抗议。幸好手机是振动模式。佐藤没有转向这边，而且看起来也不像会有人要袭击他。

"对……对不起!好奇怪,我记得电源是关掉的啊……"

我手忙脚乱地拿出手机,按下红色的通话保留键。啊,是未知来电——我看着画面才发现。

但是我已经按下了通话保留键啊!

"……咦?"

啪。我轻轻碰触画面切换成通话模式,在暮色中屏幕显得很亮。手机呜呜地响了一声。

然后,响起了像是要盖掉杂音的声音。

"我想也是。"

我们三人同时停下了脚步。

……刚刚,那是什么?

我瞪着手上的手机。

像是吸了氦气一样变质的声音,像要把喇叭撕裂一样——突然的同意。

"喂?喂?我是相马……"

我迟疑着,战战兢兢地回复,但对方毫不理会,径自一直说下去。

"我想也是呢就是这样呢一切都是他的错呢。都是他的错呢反正都是他的错不是我的错所以真困扰呢超级困扰呢。大家都很困扰所以得想点办法解决才行呢。所以也是无可奈何呢。嗯，就是这样就是这样。"

窸窸窣窣，窸窸窣窣。

嘻嘻嘻。嘿嘿嘿。哈哈哈哈哈哈哈。

话声中还夹杂着轻笑。我一声不发僵在当场。

女人，还是男人？一个人，还是不止一人？

似远还近，似近却远，很难听清楚，然而不可思议的是，我听得懂那头在说什么。

"相……相马小姐？那通电话……？！"

"不是认识的人吧？"

后面的两个人好像也听到了，吞咽了一下凝视着这里。我用颤抖的声音对着手机说：

"喂，您……您哪位……"

没有回答。

等回过神来，佐藤的背影已经在前面隔板墙的转角处，马上就要看不见了。啊，糟糕，跟丢了。虽然这么想着，却无法迈开脚步。

嘟嘟嘟、嘟嘟嘟嘟。

嘀嘀嘀嘀。

田所先生和村上小哥的口袋里也发出了来电的声音。两人表情僵硬，虽然碰也没碰手机，但电话接通了。

根本没有按键接通。但就像把手机贴在耳朵上一样，声音震动了耳膜。

"我想也是呢就是这样呢。真困扰。大家都非常困扰非常困扰真的很烦人呢。"

"很困扰呢既然很困扰那不消除掉就不行呢。我明白哦。我想也是呢。真烦人呢很困扰呢得想办法才行呢。"

喃喃自语般念念叨叨，从三部手机里传出来，仿佛三重唱。我们就置身于喧嚣中。

窸窸窣窣、咔啦咔啦咔啦。

"嗯会好好干的，会好好干的会把玻璃敲碎塞进嘴里戳进眼睛里拿针钉住舌头不干掉他不行呢我想也是呢。刺死刺死刺死不干掉不行的。"

"非挖出来不可哦。眼珠子，得让鸟啄出来才行哦。"

"在肚脐眼插上灯芯这样才容易燃烧哦。手指甲。手指甲得全部剥下来才行。当当，当当当然要这样呢。"

"要干干干干掉不干掉不行呢我想也是呢。会好好照做啦所以大大大家都这么想呢我想也是呢。所以才这样呢。但是为什么啊？在干什么啊？干吗啊？为什么要干涉啊？"

然后，电话那端沉默了一阵子。

"为什么，要干涉啊！！"

嘟。

随着大叫的声音，电话一起断了。

咻。自己吸气的声音，好像在肋骨内侧回响一般。

吱——吱——吱——

断掉的电话另一头，传来没有人在的电子杂音。扑通扑通，心脏好像要破裂一样猛跳，声音在耳朵里响个不停。

"刚……刚才那是什么？"

果然，田所先生和村上小哥也听到了。

并非我的幻听。

我的背脊蹿过一道寒战，寒毛直竖。分明空气像蒸笼一样令我满身大汗，但我感觉到的寒意是仿佛掉进隆冬的大海里一般。

"恶作剧电话吧……？"

"即便如此，说的内容也……"

我们三个不由得都陷入了沉默。就在这个瞬间——

"哇啊啊啊啊啊！"

前方传来像是青蛙被踩扁一样的大叫声。我们同时抬起头来。

——那是佐藤的哀号。

"相马小姐，你留在这里！"

我好像冻住了一样动弹不得。田所先生首先跑过去，村上小哥紧追在后。

"……佐藤先生！"

过了几秒钟，我终于也摇摇晃晃地绕过转角，找寻佐藤。然而，刚刚还走在我们前面的那个微胖的身影已经不见了。

转过弯就是建筑工地的出入口。难道在里面吗？栅门上了锁，隔板墙也很高，不可能翻爬进去的啊？

从栅门的粗栏杆之间窥探工地现场的状况：堆积的建材、动也不动的重型机械、鹰架、移动厕所等散置其中，视野并不好。太阳已经下山，四下一片昏暗。我们三个贴着栏杆往里面看,内侧突然咚的一声,传来好像有人在敲打一样的声音,隔板墙晃动了一下——很近,离我们不到五米。

我们不由得往前凑,想找到震源。然而佐藤……并不在。

不仅佐藤不在,周围没有任何人影,只听到呼、呼的慌乱喘息声。

呼哈呼哈呼哈。呼哈呼哈呼哈呼哈。

咚、咚咚、咚。

薄薄的隔板一直晃动,好像有人在敲打一样,同一个地方渐渐朝这里凸出。接着突然有什么东西倒下的声音。碎石撞到围墙上的声音。

"呜啊啊啊好痛,好痛啊!要……要死了,有人要杀我!"

果然……有人攻击他!

我把脸贴在栏杆上,盯着佐藤应该在的地方。但是无论怎么看,那里都没有人。建筑工地特有的混杂着碎石和砂砾的地面,被路灯照得清楚明白。

然而,白色的隔板墙像是有什么东西从内侧撞击一样，咚咚地渐渐凸起来。

"佐藤先生！听得到吗？！"

"喂，佐藤主任！佐藤！你在哪里？！"

"请回答啊！一点也不好笑啊……！"

我们就在隔板墙外面呼唤，也试着敲打回应，但好像没有人听见。为什么呢？不可能啊！只隔着一层薄薄的隔板而已。

"总……总之，先……先报警……！"

我用颤抖的手掏出手机。但是，不管怎么按主页按钮，画面都是黑的。分明不是没电了啊！

"对不起，有没有人在啊？！"

我想跟路过的行人求助，转身大叫，然而暮色中的街道上，连一个小孩都见不到。

本来那么嘈杂的蝉声，也不知何时完全停止了——

"怎……怎么回事……"

除了断续的尖叫声之外，没有声音的空间。没有半个人的街道。

我们所在的这个地方像是脱离了现实世界一样，充满了奇特的空气。

"……档案啊。"

田所先生咋舌,像是突然灵光一现般喃喃道。他转身就往来路跑,把我吓到了。

"等一下,田所先生!你要去哪里?!"

"回公司去,把档案删掉!"

"咦?!"

一瞬间我以为他过度惊慌失去了理智,但看见他回过头来的脸色,我改变了想法。

没错。虽然不能确定这跟"交接书"有没有关系,但除此之外,确实想不出其他的原因。

*

我捧着肚子,跟着田所先生的背影,在昏暗的路上尽快回到办公室。"不要丢下我一个人啊!"村上小哥带着哭腔哀求着追上来。我们三个聚集在田所先生的电脑前面。

打开电源,等待画面亮起的时间感觉好久。系统启动的过程从没觉得像现在这样烦琐。

在昏暗安静的办公室里,只有我们三个人的喘息声,没有其他的声音。很奇妙的是,回公司的路上,办公室外的走廊上,都没有碰到半个人。

——嘟嘟嘟嘟嘟。

电脑终于启动之后,桌上的电话响了起来。

突然的响声让我跳了起来,但田所先生立刻说:"不能接!"然后打开一层又一层的目录。

最后出现的"交接书"还在原处,就像什么事情都没发生过一样。就是一个表示为文件档案的图标。

把鼠标移到上面,选择删除。"真的要删除吗?"的对话框出现,我们毫不犹豫地点了"确认"。

嘟嘟嘟嘟嘟。

嘟嘟嘟嘟嘟。

提示弹窗出现在屏幕上,慢慢地开始删除档案。怎么这么慢?在此期间,电话一直响个不停。我们全都一言不发,只聚集在一起等待。像是要忽略责难般的铃声似的,只专心听着不知是谁的呼吸声。呼。呼。

删除档案的进度,终于来到了百分之九十八。

"啊,等一下……!"

听到村上小哥喃喃自语，我呼出一口一直屏住的气息。

就在这个时候——

咚。

伴随着闷闷的声音出现在眼前的光景，我应该这辈子都不会忘记吧。

工具列的后方。电脑屏幕的深处。

出现了红色，红色的手印。

像是要阻止我们一样敲打着屏幕。

咚。咚。

啪嗒、啪嗒、啪嗒、啪嗒、啪嗒。

像有人在外面敲窗户一样。无数红色的小手，从电脑里面朝这里敲打。我的脑袋混乱到极点，完全无法理解发生了什么事。连声音都发不出来。

咚、咚。

与此同时办公室其他所有的电脑也开始发出声响，我们三个缩成一团。

我们不由得望向隔壁的电脑画面。看见了。隔壁的隔壁也是。

所有的电脑分明没有人动过，却自动地开启了电源。然后全部的屏幕里面都有红色的小手在敲打。

还没删除完毕的"交接书"突然打开了，咔嚓咔嚓地，自动出现了红色的文字。

"为什么为什么为什么为什么为什么为什么为什么为什么为什么为什么"。

嘟嘟嘟。嘟嘟嘟。咚、咚、咚。

电话还在响。电脑画面中，无数的手也在责怪我们。

一直重复的单纯疑问，最后终于有了变化。

"烦死了烦死了烦死了烦死了烦死了烦死了烦死了"。

我的心脏已经不是小鹿乱撞了。就像是在胸膛里滚动一般，压迫着肋骨。

喘不过气来。身体不听使唤，动弹不得。我捧住肚子。

救救我。不是这样的。

救救我。我不是这个意思。

我有孩子。对不起。求求你。请原谅我。

快点，消失吧！

在过了仿佛永恒之久以后。

终于，叮的一声轻响，跳出了处理完毕的视窗。那简直就像是垂落到地狱的一条救命蜘蛛丝。我松了一口气。

"结……结束了……？"

不知是谁开口喃喃道。从刚才就一直响个不停的电话，也突然停止了。然后，耳边响起轻声细语。

"……就差一点点了。"

"？！"

那是从电话里传来的吗？

我转过身，四下张望，昏暗的办公室里除了我们三个人之外，并没有别人的踪影。

我看着窗户。没有人。

当然没人。这里是四楼啊！

只不过，不知何时开始又听得到的蝉声大合唱，叽叽地透过窗户传来，吵得要命。

＊

"到底是怎么回事啊，那个？"

次日。

我们在惯常的咖啡厅举行惯常的午餐会议，讨论昨天晚上发生的事情。

结果在那之后，我们飞快离开办公室，赶回建筑工地现场，并没有看见佐藤，也没听到任何尖叫声。

无计可施之下，虽然迟疑还是打了佐藤的私人手机——他正常地接了电话，但是脾气非常坏。对着要确认他安危的田所先生大吼道："烦死了！我这里情况糟糕得要命！没有什么急事不要随便打给我！"叫完他就挂断了。被吼了一顿的田所先生缩了一下，我们三个人面面相觑。"我们也回家吧……"就这样自然而然地解散了。

之后我也一直用手机查看新闻网站和节目，并没有哪个工地现场附近出现随机袭击路人事件的消息。

那天我连家事都没做，一直到深夜丈夫回来，我还在看新闻。只能疲惫地跟他道歉："对不起，我没有做晚饭。"他跟我说："没关系啊，这样正好，等到孩子出生就很难出去吃饭啦！"于是我们两个人半夜出门吃了烤肉。这种充满罪恶感的诱惑，要是平常我一定会拒绝的，但现在却充满了吸引力。

我望着在烤网上从粉红色变成茶色的肉，闻着香喷喷的肉味，听到似乎很美味的吱吱声，不知怎的觉得心中充满了这种日常生活的现实感，不由得哭泣起来。

丈夫吃了一惊，问我怎么了。我说："你脱了袜子好歹放进洗衣篮里啊！""吃完饭也把碗洗一洗，不说你就不会做吗？"我把日常的不满一口气都说了出来。"对不起，以后我一定会注意的。你还有什么其他不开心的地方，或者是希望我做什么你尽管说，我都会听的。"他很不好意思地跟我道歉。我也反省了一下，自己总是觉得他一定很忙，跟他讲也没用……所以在提出要求之前就自己放弃了。我们两个要反省的地方都不少呢。互相耸肩微笑，一起吃的烤肉，实在太好吃了。

这就是昨天发生在我身上的事情。然而田所先生和村上小哥，似乎并没有什么改变。

一头雾水莫名其妙，说的就是这种情况吧。

只不过，昨天接了电话的佐藤，并不是毫发无伤。

今天早上他一直没来上班，没办法之下，正跟同事商量"要不还是再打一次电话看看吧……"的时候，不知怎的总务课来联络了。

原来他昨天晚上好像出了一点事。

"回家的路上经过建筑工地，突然被人抓住手腕，拉到栅门里面。然后就被人攻击了，他到处逃跑躲避。"

这是他说的——但听到凄厉的叫喊赶去查看的路人说，他在没人的工地里一边叫一边跑。这场面实在太不寻常，所以路人没有叫救护车，而是报了警。

太奇怪了。栅门分明是上了锁的啊！不仅如此——佐藤好像很用力地抓着隔板墙，两手的指甲几乎都剥落了。

"把指甲一片一片剥下来。"

听到这个，脑子里第一个浮现的就是"交接书"里写的假想酷刑。但我阻止自己进一步细想下去。

因此，他今天当然就请假不来上班了。托他的福，这一天过得非常顺利。

"到底是怎么回事啊……佐藤受伤当然很可怜，但他非但没有遭到攻击,反而是自己一个人抓狂,还被警察教训了一顿。真是白替他担心了。"

"既然没有别人在场,所以也不是遭到杀人魔攻击……那个,不会是做梦吧?"

"我们大家都记得,不可能是做梦吧?而且'交接书'也真的删除了啊!"

我一边戳着又甜又咸的姜烧猪肉,一边跟田所先生和村上小哥讨论。

结果那到底是怎么回事?一连串的事件跟那个档案到底有什么关系呢?完全不得而知。

现况是佐藤虽然不是毫发无伤,但毕竟还活得好好的,也没成为立案的事故,一切就像没发生一样,成为平凡日常的一部分。

早知如此,根本就不用管他了。

我忍住几乎要脱口而出的恶言。那样是不行的。不管对方多么讨厌,毕竟他受伤了。话说回来,我自己也诅咒过他受伤的。

于是我反省了。

从今往后,佐藤还是会继续造成大家的困扰。

或许会有觉得"那个时候，要是视而不见就好了"的那一天到来也未可知。

但是关于昨天发生的事，至少我们的行动是没有问题的……应该是吧。眼前有遭遇生命危险的人，果然还是无法见死不救。

而且——

"不知怎的还是没办法让人释怀啊。"

"……现实生活就是这样吧。"

"村上人柱，你真看得开呢。"

"就说了不要叫我人柱啊！反正，我马上就不是人柱了……啊，对了。"

村上小哥突然坐正了身子，说他有话要跟二位报告。

"虽然有点突然，但我打算离开这家公司了。"

"啊！"

我吃了一惊，说不出话来。他搔了搔脑袋。

"话虽这么说，但不是因为昨天发生了那件事才突然决定的……之前我就开始考虑了，也多少在另外找工作。现在算是，下定决心了吧。"

我是觉得这样实在不太健康啦，他喃喃道：

"佐藤他当然有错……但不如说不得不养着佐藤这样的员工，这种公司的体制本身就太扭曲了。"

确实，把怀孕的我当成烫手山芋，踢到佐藤这里；因为无法拔除佐藤这个毒瘤，历代员工只好借以泄愤的"交接书"档案竟然如此庞大，可见这家公司实在是病入膏肓了。

"这家公司扭曲的地方要是不改变，结果什么也解决不了。但要是想，那我们就带着热爱公司的精神，正面解决这些问题吧！……还是行不通的。"

因为对公司来说，我们这样的人才是"异类"。

坚强面对逆境，留在岗位上努力，这本身并没有毛病。但是，要是不口吐恶言诅咒别人就不能维持精神安定的话，那还是逃离比较好。当然啦，这是一家大公司，福利也很好，要说不可惜是骗人的。

"这样啊。原来如此……还真被你抢先了。"

村上小哥的话让田所先生叹了一口气。

"抢先？"

"嗯，我也打算辞职了。理由嘛……刚才人柱已经全部说过啦。"田所先生笑着说。

"啊——那个……"我也尴尬地笑起来。

"那我也算被抢先了吧……"

"咦?"

我不敢正视大家。田所先生和村上小哥同时发出惊讶的声音。

"我是打算看时机辞职,暂时专心当家庭主妇抚养孩子……"

其实昨天晚上吃烤肉的时候,我也把胸中郁积已久的心事跟丈夫吐露,说了我打算辞职。他对于我打算不等产假就先辞职并没有意见,反而同意我说:"当然好啊。"

我知道一旦回家带孩子当家庭主妇之后,要重回职场就很困难了。那会是一场漫长的战役吧。我不知道这样的选择是否正确,也无法保证下一份工作会比这份更好。

"但是,不管去哪里,都还是会碰到各种问题的。既然如此,那我还是想选择能让自己接受的工作方式……"

不管有怎样的困难，都比把孕妇调到冷宫般的黑心企业要好。这是我的真心感受。不只职权骚扰、性骚扰和怀孕歧视，还经历了那么吓人的事情，我已经什么都不畏惧了。所以我现在不仅不觉得不安，反而充满了斗志：下次一定要去不歧视孕妇和已婚妇女的良心企业上班！

"抛开一切顾虑，反而感觉很好啊……我因为怀孕，给二位添了不少麻烦，真的非常抱歉，但也不用再撑多久了。"

我随着已经说惯了的道歉词句低下头，田所先生和村上小哥不知怎的，露出困惑的样子面面相觑。

"那个，相马小姐啊，我们完全没有觉得你给我们添了什么麻烦啊！"

"咦？"

田所先生的话让我抬起了头。

"我也是，脑子里都是公猪那些乱七八糟的事情，都没有好好跟相马小姐说过话。新的生命要出生了，真是了不起的大事……我要正式恭喜你。"

我默默屏住了气息，村上小哥也对我点头微笑。

"我……我也是这么想的！你的身体已经不是一个人了，应该不能再做那些重劳动了吧。但还是每天来上班，真是太厉害了。"

他们俩有点不好意思，但诚挚的祝福和关怀，让我不禁眼眶发热，我极力忍着不流下泪来。

不管做什么，我总是尽自己的全力，这点我还是有自信的。进入这家公司之后，不管是工作还是环境都有不尽理想之处，也承受过各种冷言冷语。但是，也有很多充实开心的时候；也有像现在这样，给我纯粹的温暖的人。

我什么也没有浪费。因为现在的我就这样累积着时间和关系生活过来，从此以后也会这样生活下去。

离开始休产假，还有大约三个月的时间。

在那之前，我们可能都会一一离开吧。离开那个猪圈。

我苦笑了一下，抚摸着已经隆起的腹部。然后肚子里的孩子好像回应我一般，踢了我一下。我睁大了眼睛。

"啊，会动了。"

"咦？真的吗？！"

"这得快点回家告诉你先生啊！我们竟然先知道，真是有点不好意思呢。"

就这样，我们都久违地真心笑了起来。

*

"真是灾难啊，竟然沦落到来这种部门上班，真是的。"

听到同事小声咕哝，我眨了眨眼睛。简直像有读心术一样。

然后我再度认识到自己目前置身于一个不情不愿的环境中的状况。

啊，没错。真是的，倒霉也该有个限度啊！

我在之前的部门犯了大错，前几天刚刚被调到这里来。因为之前的员工突然之间连续辞职，所以虽然不是职位调动的季节，还是得派人来这里。

根据传闻，这里是黑暗部门，调到这里的人毫无例外，下场都不好。这里的工作不过就是编辑社内杂志，轻松得很，至于为什么会有这种传闻，来上班几天后我很快就明白了。在离我们并排的办公桌稍微远一点的地方，就是佐藤主任的位子。我揉着皱在一起的眉心。现在那里没有人在，但只要想到那家伙迟早要回来，心情就非常沉重。为什么公司要一直养着那种一无是处的猪头啊？就算让屠夫大卸八块做成火腿，也已经太老了。我们公司到底是怎么回事啊？

"我开始明白前辈们为什么一口气都辞职了……佐藤这种猪头为什么还能一直坚持在这里不走啊……"

我不由得这么说了，在我隔壁，跟我一起被调来这里的年轻女同事说："刚好现在佐藤不在……"她脸上露出恶作剧般的表情。

"刚才我已经把地址用邮件发出去了。我找到了一个有趣的档案哦。"

"有趣的档案？"

"好像是以前这里所有的前辈留下的负面遗产？记录了佐藤在此之前的所作所为，真的可以看出大家有多讨厌他。"

档案反正没有加密，既然找到了这份档案，那就继承下来使用吧。在同事这有点不可思议的诱人提议下，我打开了邮件软件,试着打开那份共有档案。

咔嚓咔嚓,鼠标的声音响了几次之后,出现的文件名称让我略微困惑。

"这是什么啊?……'交接书'?"

文治

磨铁图书旗下子品牌

更好的阅读

特约监制　潘　良　于　北
产品经理　胡马丽花
责任编辑　陈　吉
特约编辑　金　一
版权支持　冷　婷　李孝秋　金丽娜
营销支持　金　颖　于　双　黑　皮
装帧设计　别境Lab
封面插图　玄野黑

关注我们

官方微博：@文治图书
官方豆瓣：文治图书
联系我们：wenzhibooks@xiron.net.cn

图书在版编目（CIP）数据

今天天气不错，我打算把上司……/（日）夕鹭叶著；丁世佳译. — 广州：广东旅游出版社，2024.4
ISBN 978-7-5570-3274-6

Ⅰ.①今… Ⅱ.①夕… ②丁… Ⅲ.①中篇小说—日本—现代 Ⅳ.①I313.45

中国国家版本馆CIP数据核字（2024）第056489号

著作权合同登记号　图字：19-2024-019号
KYOU WA TENKI GA IINODE JOUSHI WO BOKUSATSU SHIYOUTO OMOIMASU
by Kanoh Yusagi
Copyright © 2019 Kanoh Yusagi
All rights reserved.
First published in Japan in 2019 by SHUEISHA Inc., Tokyo.
This Simplified Chinese edition published by arrangement with
SHUEISHA Inc., Tokyo in care of Tuttle-Mori Agency, Inc., Tokyo

本译稿由春天出版国际文化有限公司授权使用

今天天气不错，我打算把上司……
JIN TIAN TIAN QI BU CUO, WO DA SUAN BA SHANG SI……

出 版 人：刘志松
责任编辑：陈　吉
责任技编：冼志良
责任校对：李瑞苑

广东旅游出版社出版发行
地址：广州市荔湾区沙面北街71号首、二层
邮编：510130
电话：020-87347732（总编室）　020-87348887（销售热线）
投稿邮箱：2026542779@qq.com
印刷：河北鹏润印刷有限公司
（地址：河北省沧州市肃宁县工业聚集区）
开本：787毫米×1092毫米　1/32
字数：126千
印张：9
版次：2024年4月第1版
印次：2024年4月第1次印刷
定价：52.00元

【版权所有　侵权必究】

如发现图书质量问题，可联系调换。质量投诉电话：010-82069336